Janet Clark

Finstermoos
Am schmalen Grat

Bisher von Janet Clark bei *Loewe* erschienen:

Schweig still, süßer Mund
Sei lieb und büße
Singe, fliege, Vöglein, stirb

Finstermoos – Im Bann der Vergessenen (eShort)
Band 1: Finstermoos – Aller Frevel Anfang
Band 2: Finstermoos – Am schmalen Grat

Janet Clark

Finster moos

Am schmalen Grat

Band 2

Roman

Loewe

Handlung und Ort dieses Romans sind frei erfunden. Jede Ähnlichkeit mit realen Orten oder Begebenheiten ist rein zufällig und nicht beabsichtigt.

FSC
www.fsc.org
MIX
Papier aus verantwortungsvollen Quellen
FSC® C083411

ISBN 978-3-7855-7749-3
1. Auflage 2015

Umschlagmotive: iStockphoto © konradlew, traffic_analyzer, Vertyr, A-Digit, ilbusca, AF-studio, Pablo631, ok-sana
Gestaltung Klappeninnenseiten: Elke Kohlmann unter Verwendung folgender Motive: iStockphoto © Vectorig, ok-sana, Vertyr, A-Digit, Pablo631, konradlew, traffic_analyzer, alnik
Umschlaggestaltung: Franziska Trotzer
Redaktion: Johanna Prediger
Printed in Germany

www.finstermoos.de
www.loewe-verlag.de

Für Lisa-Marie
Danke.

Was bisher geschah …

Hinter den idyllisch bemalten Häuserfassaden des Bergdorfes Finstermoos lauert eine Wahrheit, die niemand aussprechen darf. So schrecklich, dass sie das Leben der Dorfbewohner verpestet, ganz besonders das der 17-jährigen Luzie, die deshalb ihre große Liebe Basti nur heimlich treffen kann. Umso mehr freut sie sich, als Valentin, ihr Kumpel aus Berlin, zu Besuch kommt. Was Luzie jedoch nicht ahnt: Valentin ist über beide Ohren in sie verliebt und fest entschlossen, Luzie in diesem Urlaub seine Liebe zu gestehen. Doch dann entdeckt Valentin auf der Baustelle seines Vaters eine vor vielen Jahren verscharrte Babyleiche. Die Entdeckung bringt große Unruhe in das Dorf und lockt eine Menge Journalisten an, darunter die Berlinerin Armina Lindemann und ihre Tochter Mascha. Gleich nach der Ankunft lernt Mascha Valentin kennen, als er mit seinem Fahrrad stürzt und sie dabei um ein Haar über den Haufen fährt. Sie freunden sich an und Valentin lädt Mascha zu einem Ausritt mit Luzie und Basti auf den einsamen Mosbichl-Hof ein. Dort lösen der Anblick von Mascha sowie Bastis kreuzförmige Narbe am Oberkörper bei der seltsamen Hofbesitzerin Brigitta eine Schockreaktion aus. Die Freunde reiten los und noch während sie überlegen, was Brigitta so erschreckt haben könnte, kracht ein Schuss durch den Wald. Maschas Pferd geht durch und erst in letzter Sekunde kann Luzie Mascha vor einem Sturz in eine Schlucht retten. Am nächsten Tag finden Valentin und Basti

Valentins Vater wie tot in seiner Baugrube liegen. Die Baustelle ist verwüstet und mit Runen beschmiert und Valentin verdächtigt die merkwürdige Brigitta als Täterin.

Die Unfälle reißen nicht ab und Mascha gerät erneut in Lebensgefahr. Sie will abreisen, doch dann bemerkt sie, dass ihre Mutter verschwunden ist. Die Freunde beginnen sich zu wundern: Das sind zu viele Unfälle, zu viele Zufälle – was ist hier los?

Auf der Suche nach der Wahrheit bricht Valentin im Mosbichl-Hof ein und findet eine Zeichnung des autistischen Bruders des Hofbesitzers, Toni, aus der eindeutig hervorgeht, dass ausgerechnet Luzies Vater, der Förster, seinen Vater in die Grube gestoßen hat! Dann findet er auch noch heraus, dass es ebenfalls der Förster war, der sein Fahrrad sabotiert und damit seinen Sturz verschuldet hatte!

Obwohl Bastis Bruder Nic bereits nach Maschas Mutter sucht, brechen auch Valentin, Luzie, Mascha und Basti in die Berge auf, um ihrer Spur zu folgen. Um den Weg abzukürzen, nehmen sie den Lift, doch mitten am Berg stoppt dieser – genau über einer tödlichen Schlucht. Stundenlang hängen sie über dem Abgrund. Erst als es dunkel ist, springt der Lift plötzlich wieder an und trägt sie ins Ungewisse …

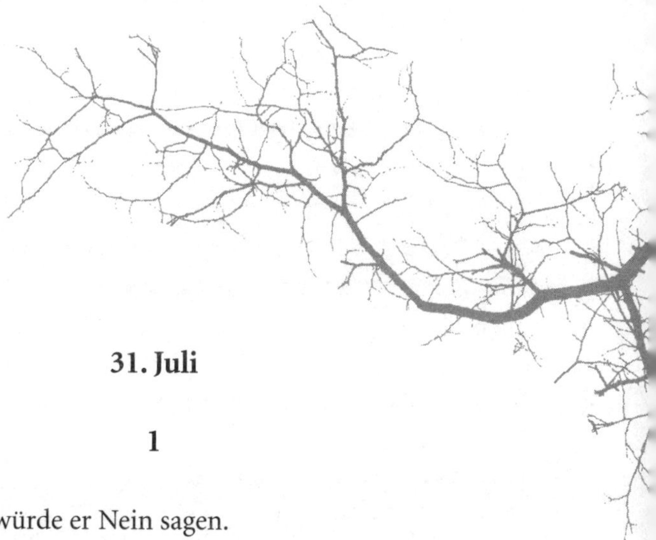

31. Juli

1

Das nächste Mal würde er Nein sagen.

Definitiv.

Nic stellte das Quad quer zum Hang und zog den Schlüssel ab. Das grelle Scheinwerferlicht erlosch und das Lifthäuschen verschwand in der Finsternis. Er schaltete seine Stirnlampe ein. So eine hirnrissige Idee! Das konnte nur auf Bastis Mist gewachsen sein. Einfach loszurennen, ohne auf seine Rückkehr zu warten – wozu war er eigentlich zur Schmugglerhütte hochgestiegen, wenn sich nun niemand dafür interessierte, ob er Maschas Mutter gefunden hatte oder nicht? Und dann noch diese blödsinnige Lügenstory. Als ob Basti sich nicht hätte denken können, dass Luzies Vater mitbekam, mit wem seine Tochter losmarschiert war … Und wer durfte nun die vier vom Berg zurückholen, weil ihr Vater völlig austickte?

Vielen Dank, Bruderherz.

Nic stieg vom Quad. Ächzte. Das Letzte, was er nach der Bergtour heute gebraucht hätte, war diese Kamikazefahrt zum Fehlingerlift. Er stieg die letzten Meter zum Lifthäuschen hoch. Verlassen und still lag es vor ihm.

Wahrscheinlich war das seine letzte Chance, Mascha noch einmal zu sehen. Sonst hätte er sich geweigert. Er drehte den Kopf zum Berg. Der Lichtstrahl erfasste die stehenden Sessel, die wie von Geisterhand bewegt leicht im Wind schwankten. Er atmete tief durch.

Er hätte Nein sagen sollen.

Mascha hin, Mascha her. Sollte doch sein Vater im Dunkeln in diesen verdammten Lift steigen und die vier nach Hause holen.

Nics Blick wanderte den Berg hoch. Er stutzte.

Ein Licht zuckte durch das Schwarz der Nacht. Er kniff die Augen zusammen. Was war das? Zu tief für ein Wetterleuchten. Zu hoch für einen verirrten Wanderer. Wieder schnitt ein schwacher Lichtstrahl durch die Finsternis. Wo kam der her? Aus dem Lift?

Hastig knipste er seine Stirnlampe aus. Sofort wurde der Lichtstrahl am Berg deutlicher. Hing da oben jemand im Lift fest?

Etwa Basti?

Das Licht wanderte von links nach rechts, dann erlosch es.

Im Losrennen knipste Nic seine Stirnlampe wieder an. Er erreichte das Lifthäuschen und sperrte die Bedienerkonsole auf. Der Schalter war noch auf »an« gekippt – also hatte jemand den Lift oben ausgeschaltet. Er runzelte die Stirn. Entweder jemand hatte aus Versehen den Lift gestoppt, als die vier noch drinsaßen, oder die vier waren oben angekommen und Basti hatte den Lift ausgeschaltet, ohne zu merken, dass unten noch jemand eingestiegen war. Er lief zum Fenster und sah den Berg hoch.

Schwärze.

Hatte er sich getäuscht? Er kniff die Augen zusammen, doch die Schwärze blieb undurchdringlich.

Und wenn nicht?

Rasch lief er zur Bedienerkonsole zurück und legte die Hand an den Schalter. Zögerte.

Wenn er den Lift einschaltete, gab es für den, der drinsaß, zwei Möglichkeiten: oben aussteigen oder wieder herunterfahren. Nic starrte auf den roten Schalter. Was würde er selbst tun?

Umkehren.

Er zog die Hand von dem Schalter zurück und lief zum Einstieg. Bevor er den Lift anschaltete, musste er sich die letzte Sesselnummer merken, dann konnte er warten, bis sie wiederkam, bevor er selbst einstieg. So wie der heutige Tag bisher gelaufen war, würde er sonst den anderen im Lift begegnen oder selbst auf halber Strecke hängen bleiben.

2

Du musst es ihr sagen.

Basti öffnete den Mund. Schloss ihn wieder.

Und wie?

Übrigens, Luzie, es war dein Vater, der Vals Dad in die Baugrube gestoßen und fast umgebracht hat, und Val kann's beweisen. Mit den Zeichnungen, die er dem Toni geklaut hat.

Basti schnaubte und Luzies Haare kitzelten ihn an der Nase. Ihr Kopf ruhte schwer auf seiner Schulter. Sie musste eingenickt sein. Er schob mit der Nase seinen Ärmel zurück und sah auf die Uhr. Nach neun. Jetzt saßen sie bereits über drei Stunden in diesem windigen Sessellift fest. Luzie bewegte ihre Finger, sie glitten warm über seinen Bauch und wanderten hoch zu seiner Narbe. Als wäre alles in Ordnung. Als hätten sie sich nie gestritten. Als hingen sie nicht in pechschwarzer Finsternis direkt über der tiefsten Schlucht des Tals.

Du musst es ihr sagen!

Denn wenn sie erfuhr, dass er davon gewusst und sie nicht

gewarnt hatte, dann war das Gewitter, das sich gerade über ihren Köpfen zusammenbraute, ein milder Luftzug gegen das, was ihn erwartete.

Er zupfte am Schlafsack herum und zog ihn zu ihrem Kinn hoch, bevor der kühle Nachtwind ihre Körperwärme stehlen konnte.

Was ist jetzt?

Er zählte stumm bis drei. Zögerte. Genau betrachtet war das gerade kein besonders guter Zeitpunkt, um Luzie in alles einzuweihen. Dass sie über der Schlucht festhingen, setzte ihr schon genug zu. Er streifte mit den Fingern über ihre Wange. Ihre Haut war kalt. Und die Nacht noch lang und wenn sie Pech hatten, würde es hier oben bald ziemlich ungemütlich werden.

Eine Bö erfasste den Sessel und drückte ihn jäh zur Seite. Luzie versteifte sich. Er zog sie näher an sich und presste seine Lippen auf ihr Haar. Sofort spürte er, wie ihre Anspannung nachließ.

Vielleicht war jetzt doch ein guter Zeitpunkt, um es ihr zu sagen. Denn wenigstens konnte sie nicht einfach aufspringen und weglaufen. Sie würde ihm bis zum Ende zuhören müssen.

Die nächste Bö ließ den Sessel nach hinten schwingen. Er hielt die Luft an. So ähnlich hatte es sich angefühlt, als der Lift plötzlich rückwärtsgefahren war. Sein Griff um Luzies Schulter wurde fester. Hätte sie ihn vorhin nicht in letzter Minute zurückgerissen, wäre er nach seinem Absprung ziemlich sicher in die Schlucht gestürzt, so nah wie der Sessel an der Kante gewesen war.

Sie hatte ihm das Leben gerettet. Und er schaffte es nicht einmal, ihr die Wahrheit über ihren Vater zu sagen.

Los! Jetzt!

»Luzie, hör mal, ich –«

Ein Ruck.

Der Sessel schaukelte heftig. Luzie schnellte in eine aufrechte Sitzposition und erstarrte. Er streichelte über ihren Arm.

»Keine Panik, das war nur der Wind.« Er streichelte weiter und hoffte, dass sie das leise Knarzen über ihnen nicht hörte. So unauffällig wie möglich sah er nach oben. Doch da war nur Finsternis.

Wieder das Knarzen. Dieses Mal lauter. Sein Puls beschleunigte sich.

Riss jetzt das Seil?

Unmöglich! Zwölf ineinander gewundene Stahlstränge waren unzerreißbar. Aber – auch unsabotierbar? Sie hingen nicht zufällig seit Stunden über der Schlucht. Das war der einzige Absturzort, der für alle vier unausweichlich tödlich enden würde.

Er musste nachsehen, woher das Knarzen kam. »Gibst du mir mal die Taschenlampe?«

»Warum?«, fragte Luzie.

Ehe er antworten konnte, gab es einen zweiten Ruck. Dann bewegte sich der Sessel. Glitt langsam durch die pechschwarze Nacht.

»Ist das … gut? Dass … wir wieder fahren?« Luzies Hand umklammerte seinen Arm. »Heißt das … sie haben uns gefunden? Sind wir in Sicherheit?«

»Ich weiß es nicht.« Er legte seine Hand auf ihre. Gefunden? Sie wurden nicht vermisst. Wer also bediente den Lift und was hatte das zu bedeuten? »Ich wüsste nicht, wer nach uns gesucht haben soll.«

Sie hatten sich ordnungsgemäß abgemeldet und waren offiziell bis morgen Nachmittag unterwegs. Ihre Eltern hatten keinen Grund, sich Sorgen zu machen.

»Basti!«

Er horchte auf. Valentins Stimme gellte schrill durch die Nacht.

»Das ist eine Falle! Wir müssen abspringen! Sofort!«

»Abspringen? Spinnt der?« Luzie beugte sich nach vorn, als wollte sie Valentin antworten, doch Basti hielt sie zurück.

»Stopp! Val hat recht! Warum sonst parkt uns jemand über der Schlucht, bis es finster ist? Da will uns jemand im Dunkeln empfangen.«

»Das meinst du nicht ernst!«

Doch. Todernst. Es war schon viel zu viel passiert, um Valentins Befürchtung nicht ernst zu nehmen. Und schlimmer, ausgerechnet ihr Vater hing in der Sache mit drin, er musste nur an das Bild in der Höhle denken, um sich das Motiv für seine Attacken gegen Valentin und seinen Vater zusammenzureimen.

»Basti!« Wieder Valentin, noch schriller, noch dringlicher. »Das ist eine Falle! Du musst uns sagen, wann wir springen können. Hörst du mich?«

Basti formte mit seinen Händen einen Trichter. »Ja. Öffnet die Bügel und haltet euch bereit.«

»Du willst nicht wirklich springen.« Luzie packte seinen Arm. »Du siehst doch gar nicht, wohin!«

Er riss sich los. »Deine Taschenlampe, schnell!«

Sie reagierte. Fummelte ihre Lampe aus dem Rucksack. »Ich kann nicht glauben, dass du dich –«

Seine Hände schlossen sich um ihre Wangen, er drehte ihr Gesicht zu sich. »Luzie. Bitte.« Er legte so viel Ruhe in seine Stimme wie möglich. »Vertrau mir. Valentin hat seine Gründe.« Er löste die Hände von ihrem Gesicht und griff nach der Taschenlampe. Knipste sie an und leuchtete nach unten. Schwärze. Dazwischen hellere Flecken. Felsen. Immerhin, sie hatten das Ende der Schlucht erreicht. Er leuchtete zur Seite. Wann genau begann das flache Gelände hinter der Schlucht? Jetzt müssten doch endlich Fichten in seinem Lichtstrahl erscheinen. Er leuchtete wieder nach unten. Einzelne Felsen tauchten auf. Sie waren über der Almwiese – aber wie abschüssig war sie hier? Er beugte sich vor, verfolgte den Lichtstrahl. Der Sicherheitsbügel drückte schmerzhaft gegen seine Hüfte. Er brauchte mehr Licht! Wenn er sich täuschte, weil er im Dunkeln die Entfernung falsch einschätzte, wäre der Sprung tödlich.

Nur einen kleinen Hinweis. Mehr brauchte er nicht.

Der Lichtstrahl erfasste einen Pfosten. *Der Pfeiler! Kurz danach kommt die flache Stelle!* Erneut formte er mit seinen Händen einen Trichter.

»Val! Wenn ihr über den Pfeiler rumpelt, zählst du langsam bis zehn. Dann werft ihr die Rucksäcke ab und springt. Erst du, dann Mascha.«

»Verstanden! Pfeiler, zehn zählen, springen.«

»Val!«, rief er hinterher. »Nutzt eure Schlafsäcke wie Fallschirme! Links und rechts packen und Arme nach oben!«

»Schlafsack, Fallschirm, klar!«

Rasch stopfte Basti die Taschenlampe tief in Luzies Rucksack. So würde sie den Sturz überstehen. Mit einer Hand öffnete er seinen Sicherheitsbügel. »Luzie, mach deinen Bügel auf.«

»Bist du irre?« Sie umklammerte seinen Arm. »Wir können nicht im Dunkeln abspringen! Das ist im Hellen schon lebensgefährlich!«

Sie mussten abspringen.

Er löste ihre Hand und hielt sie fest. »Bitte«, sagte er leise. »Vertrau mir. Ich weiß, dass du Angst hast. Ich würde das nie von dir verlangen, wenn es nicht sein müsste.«

»Wir … Pfeiler!«, rief Valentin.

Basti zählte stumm mit.

»Jetzt! Rucksäcke! Valentin, spring!«

Ein dumpfer Schlag, kurz darauf ein zweiter. Valentin und Mascha mussten die Rucksäcke abgeworfen haben.

»Fuuuuck!« Ein Aufprall. »Autsch. Bin unten!«

Valentin war gelandet.

»Mascha! Jetzt! Und sofort raus aus unserer Falllinie!«

Ein leiser Schrei. Dann der Aufprall.

»Boah. Unten! Valentin? Wo bist du?«

Die ersten beiden waren in Sicherheit.

»Du schaffst das!« Basti drückte Luzies Hand.

Schon ratterte ihr Sessel über die Rollen des Pfeilers. Eins. Zwei. Drei. Vier. Luzies Rucksack baumelte an seinem Fuß. Fiel.

Acht. Neun. Zehn.

»Los, spring, Arme über den Kopf, Schlafsack nicht loslassen!«

»Ich –«

Er schubste sie hart nach vorn. »Bitte. Für mich.«

Sie sprang. Schrie auf. Sekunden später verriet ein dumpfes Geräusch ihren Aufprall. Warum fluchte sie nicht? Sein Magen krampfte sich zusammen. War sie auf einem Stein gelandet? Verletzt?

Er sprang. Kam federnd auf den Ballen auf und rollte sich in den Berg hinein ab.

»Luzie?« Schon war er auf den Beinen, lief los und peilte den Punkt an, wo sie abgesprungen sein musste. War sie falsch aufgekommen? Mit dem Kopf gegen einen Felsen gestoßen? Bewusstlos? Etwas setzte sich in seiner Kehle fest und schnürte ihm die Luft ab. Hätte er wenigstens sein Handy da! Selbst die mickrige Lichtfunzel darin war besser als diese totale Finsternis. »LUZIE?!«

Leises Stöhnen antwortete. Ganz in der Nähe. Da. Wieder. Er folgte dem Geräusch. »Luzie?«

»Tritt ja nicht auf mich drauf!«

Sie lebte.

Und sie war sauer.

Alles war gut.

Er ging in die Hocke, seine Hände glitten über den Boden. Tatsächlich, da saß sie. Er tastete nach ihrem Kopf, neigte sich über sie und suchte mit seinen Lippen ihren Mund. Ihre Haut fühlte sich samtig an, der Mund warm und weich. Er küsste sie. Ihre Lippen öffneten sich und sie erwiderte seinen Kuss, wütend und trotzig – und voller Leidenschaft. Er hatte sie nicht verdient. Er hätte sie längst einweihen müssen. Bevor die Geheimnisse sich wie eine Mauer zwischen ihnen aufgetürmt hatten. Er hätte ihr längst erklären müssen, warum er sich nicht zu ihr bekennen konnte. Obwohl sie für ihn das einzigartigste und wunderbarste Mädchen der Welt war und er …

»Basti? Luzie?«

Valentins Stimme drang durch seine Gedanken. Er löste seine Lippen von ihren und richtete sich auf.

»Wo seid ihr?«

Maschas Stimme.

Ein schmaler Lichtstreif tanzte über den Hang. Valentin musste die Lampe seines Handys eingeschaltet haben. Die einzige brauchbare Handyfunktion in dieser Gegend.

»Hier drüben!« Er tastete nach Luzies Hand und zog sie hoch. Sie knickte ein und stöhnte. Dieses Mal laut.

»Autsch! Mein Bein!«

Sie setzte sich wieder. Behutsam zog er ihr den Wanderstiefel aus und befühlte ihren Knöchel. Bewegte den Fuß im Kreis.

Zischend sog sie die Luft ein.

»Gebrochen ist nichts.« Er legte die Hand um den Knöchel. Mist. Er war jetzt schon geschwollen. »Mit ein bisschen Glück hast du ihn nur verknackst. Oder die Bänder gezerrt.« *Und mit etwas Pech gerissen.* Er half ihr, den Schuh wieder anzuziehen. Sie hatte Schmerzen und er war schuld. Und vor den anderen konnte er sie nicht einmal in den Arm nehmen.

Verstohlen streichelte er über ihre Wade. Diese Scheißheimlichtuerei musste aufhören. Er zog ihre Hose über den Stiefelschaft. Sie würden Luzie auf dem Weg zur Notunterkunft stützen müssen. Donnergrollen hallte drohend über den Berg. *Auch das noch!* Sie mussten die Schutzhütte erreichen, bevor das Gewitter sie einholte.

»Val! Mascha! Habt ihr eure Rucksäcke gefunden?«

Der wackelige Lichtschein von Valentins Handy bewegte sich bergab.

»Meinen.« Wieder Maschas Stimme. »Der von Valentin muss weggekullert sein.«

»Hier ist einer!«, rief Valentin. »Ich hab Luzies!« Sein funzeliges Licht wanderte hügelabwärts, verweilte, wanderte weiter. »Ich glaube, ich seh was.« Wieder hüpfte das Licht, verschwand dann in einer Senke. Kurz darauf strahlte Valentins Stirnlampe auf. »Das ist meiner! Fehlt nur noch Bastis.«

Wetterleuchten erhellte das Bergmassiv. Höchste Zeit aufzubrechen.

»Den hole ich morgen früh!«, rief Basti. »Wir müssen los, bevor uns das Gewitter erwischt.«

Er half Luzie hoch und legte seinen Arm um ihre Hüfte. »Geht's?«

»Muss wohl.« Sie belastete den Fuß und stöhnte auf, als Valentin und Mascha sie erreichten.

Valentin trat zu ihr. »Was ist mit dir?«

»Mein Knöchel.« Luzie verlagerte ihr Gewicht und ächzte. »Das wird ein Spaß.«

Basti verstärkte seinen Griff um ihre Hüfte und zog sie näher zu sich. »Wir müssen Luzie stützen. Mascha, bleib dicht hinter uns. Val, geh auf Luzies andere Seite.«

Da erhellte ein Blitz den Hang.

Basti zählte.

Donner.

Gute zwanzig Sekunden. Sieben Kilometer.

Das Unwetter kam viel zu schnell näher. Sie sollten zum Lift hochlaufen und den regulären Weg nehmen, um Zeit zu sparen.

Über ihm ratterte ein Sessel über den Pfeiler.

Nein. Selbst wenn es länger dauerte, sich abseits der Wege den Berg hochzukämpfen – solange er nicht wusste, wer und was sie dort oben erwartete, mussten sie so viel Abstand zum Lifthäuschen halten wie möglich. Auf die harte Tour also. Hang queren und den Wald nordöstlich hochlaufen, bis sie auf den Weg stießen. »Los, Leute«, drängte er. »Wenn wir's nicht zur Schutzhütte schaffen, bevor das richtig losgeht, kann ich für nichts garantieren.«

3

Achtundvierzig.

Der nächste Sessel.

Neunundvierzig.

Noch zwanzig Sessel, dann waren sie einmal durch. Nic richtete seine Stirnlampe zum Berg. Leere Sessel, so weit er blicken konnte. Entweder er hatte sich getäuscht, oder wer immer im Lift gesessen war, hatte oben seinen Weg fortgesetzt. Ein Blitz erhellte den Himmel.

Na super. Und jetzt? Umkehren oder hinterher? Er zählte, bis der Donner durch die Stille der Nacht barst. Dreiundzwanzig. Fast acht Kilometer. Vielleicht zog es vorbei.

Er blickte zum sternenlos schwarzen Himmel, zu den Sesseln, zum Himmel. Dann stieß er hart die Luft aus. Wenn er zu den anderen wollte, dann sofort oder gar nicht.

Er beobachtete, wie die herunterfahrenden Sessel aus der Dunkelheit gespuckt und die hochfahrenden von ihr verschluckt wurden. Mascha war da oben. Jetzt wurde nicht gekniffen. *Komm schon!* Sein Herzschlag beschleunigte sich schlagartig.

Denk an was Schönes.

Mascha.

Er gab sich einen Ruck und stellte sich an den Einstieg. *In der Nacht ist es einfacher.*

Keine Sicht. Keine Höhe. Keine Höhenangst.

Wieder stieß er die Luft aus. Dann stieg er in den nächsten Sessel und schloss den Bügel. Schon hob der Lift ihn nach oben und trug ihn durch die Finsternis. Seine Zähne knirschten. Er öffnete den Mund und lockerte den verkrampften Kiefer. *Du hast das schon öfter geschafft. Atme. Sieh nicht nach unten.* Er richtete den Blick starr geradeaus. Im Licht der Stirnlampe zählte er die vorbeigleitenden Fichtenwipfel. *Von wegen, in der Nacht ist es einfacher!* Der Sessel ratterte über den ersten Pfeiler. Sein Kiefer verkrampfte wieder.

Stell dir vor, du sitzt auf dem Sofa. Im Fernsehen läuft Fußball. Vor dir ein eiskaltes Radler.

Was musste er auch seinem durchgeknallten Bruder nachrennen!

Er streckte seine Beine durch und winkelte sie wieder an. Morgen hatte er garantiert einen Monstermuskelkater. Zum Glück waren es von der Liftstation zur Schutzhütte nur fünfzehn Minuten, im Dunkeln vielleicht zwanzig. Ein Katzensprung im Vergleich zu seinem nutzlosen Gewaltmarsch zur Schmugglerhütte. Kein Lebenszeichen von Maschas Mutter, allerdings war jemand in der Hütte gewesen, der dort nichts zu suchen hatte. Jemand, der keine Skrupel gehabt hatte, das Fenster einzuschlagen, um sich Zutritt zu verschaffen. Durchaus möglich, dass Maschas Mutter dort Unterschlupf gesucht hatte. Aber wo war sie von da aus hin?

Eine Bö zerrte an dem Sessel. Nic atmete flach, seine Hände klammerten sich um den Sicherheitsbügel.

Hoffentlich schaffte er es zur Schutzhütte, bevor der Sturm sich in ein Fetzenunwetter verwandelte.

Das Schaukeln des Sessels ebbte ab. Seine Hände lösten sich von dem Bügel. Basti konnte sich auf einen Einlauf gefasst machen, das war sicher. Wenn nicht von seinem Vater, dann von ihm.

Nic drehte den Kopf. Fichtenwipfel links. Undurchdringliches Schwarz rechts. Er musste kurz vor der Schlucht sein. Rattern. Er hielt den Atem an.

Mann, Basti, hättest du nicht dein Hirn einschalten können? Oder wenigstens das Satellitentelefon?

Basti wusste genau, dass ein hingeschmierter Zettel auf dem Küchentisch nicht akzeptabel war. *Bin mit Valentin auf Tour, rechtzeitig zum Arbeiten zurück.* Bei all seinen idiotischen Ideen war es normalerweise selbst für Basti ein Tabu, ohne klare Orts- und Zeitangabe loszustiefeln. Dazu kannte er die Gefahren in den Bergen zu gut. Die einzige Erklärung war, dass er Mascha und Luzie nicht hatte erwähnen wollen. Hätte er sich sparen können. Nachdem sie Wolferl getroffen und seine Sturmwarnung in den Wind geschossen hatten, musste Basti ohnehin klar gewesen sein, dass der schnurstracks ihren Vater anrufen und ihm nicht nur stecken würde, wohin er gehen wollte, sondern auch, dass die Mädchen dabei waren. Was Maschas Sympathiewerte bei seinem Vater endgültig in den Keller geschossen hatte. *Vielen Dank, Bruder.*

Es blitzte. *Verdammt.* Er zählte. Dann der Donner. Sechzehn Sekunden. Nur mehr fünf Kilometer. Das Gewitter kam rasend schnell auf ihn zu. Sein Herz schlug hart gegen seine Brust. Seine Augen flitzten von Seite zu Seite. Rechts – schwarz. Links – schwarz. Keine Fichten. Er musste über der Schlucht sein. Seine Hände krampften sich wieder um den Bügel. *Noch zwei Pfeiler.*

Die anderen nach Hause zu holen, konnte er bei dem Wetter knicken.

Sowieso lachhaft, dass Luzies Vater so einen Terror veranstaltete, nur weil Luzie mit Valentin und Basti unterwegs war. Luzie war siebzehn. Wann kapierte der endlich, dass seine Tochter fast erwachsen war? Aber so wie Naomi am Telefon geklungen hatte, war sie kurz vor einer Panikattacke gewesen. So unbedingt, wie sie ihre Tochter vom Berg herunter haben wollte, traute sie ihrem Mann offenbar das Schlimmste zu.

Der Sessel ratterte über den nächsten Pfeiler. Nic hielt die Luft an. Noch einer, dann war er oben.

Er starrte angestrengt geradeaus, bis im Licht der Stirnlampe die pilzförmige Wendesäule erschien. Nic öffnete den Bügel, wartete, bis der Sesselarm über den letzten Pfeiler ratterte, und stieg aus. Zielstrebig ging er zur Bedienerkonsole und stellte den Lift ab. Ein Blitz erhellte die Liftstation. Nic zählte. Die leeren Sessel schaukelten gespenstisch im Wind, dann tauchten sie wieder ins Schwarz der Nacht.

Zehn, elf, zwölf.

Donner.

Das Gewitter zog tatsächlich in seine Richtung. Wenigstens saß er nicht mehr im Lift. Er drückte den Beleuchtungsknopf seiner Uhr. Kurz vor zehn. Die anderen mussten inzwischen die Notunterkunft erreicht haben.

Er lief zum Einstieg des schmalen Waldweges, seine Beine schwer wie Blei. Den Kopf nach unten gebeugt, suchte er im wackeligen Lichtstrahl seiner Stirnlampe auf dem unebenen, von Wurzeln und losen Felsbrocken durchzogenen Trampelpfad nach Stolperfallen. Dass ausgerechnet er sich einen nächtlichen Wettlauf mit dem Gewitter lieferte, während Basti in der sicheren Hütte saß – verkehrte Welt.

Der nächste Blitz zuckte durch die Nacht. Keine zehn Sekunden später knallte der Donner laut wie ein Kanonenschuss durch die Bäume. Er versuchte, schneller zu gehen, den Blick weiterhin fest auf den Boden geheftet, als etwas in der Nähe raschelte. Was war das? Ein Tier? Ein Mensch?

Er blieb stehen und drehte den Kopf in Richtung des Geräusches. »Hallo?« Er lauschte, sein Puls beschleunigte sich. Wieder Rascheln. Knacken.

»Basti? Luzie?«

Unsinn. Sie waren schon längst in der Hütte. Vielleicht der Förster? »Hallo?«

Keine Antwort.

Also doch ein Tier. Nur gut, dass er hier nicht auf die Bären achten musste.

4

Luzie presste die Zähne zusammen. Sie würde sich ihre Schmerzen nicht anmerken lassen. Sonst würde Basti noch darauf bestehen, sie abwechselnd mit Valentin zu tragen. Langsam hatte sie den Dreh raus. Nur mit den Zehenspitzen auftreten, minimale Belastung, dann mit dem gesunden Fuß weiter. Etwas holprig, aber Hauptsache, sie kamen voran und erreichten die Hütte, bevor das Gewitter noch näher kam.

Plötzlich sackte Valentins Schulter ab und ihr Gewicht landete auf dem verletzten Fuß. »Autsch!«

Sie spürte, wie Basti seinen Griff um ihre Hüfte verstärkte, und verlagerte schnell ihr Gewicht auf den unverletzten Fuß zurück. Ihr Knöchel pochte und hämmerte. Sie atmete ein paarmal ein und aus und wartete, dass der Schmerz sich beruhigte.

»Tut mir leid!« Valentin legte seinen Arm wieder um ihre Hüfte. »Ich bin ausgerutscht.«

Ekelerregender Geruch verfing sich in ihrer Nase.

Tierkot. Sie presste ihren Arm auf die Nase. Fleischfresser oder Allesfresser. Der Kot von reinen Pflanzenfressern roch anders. »Du bist in einen Scheißhaufen getreten.« Luzie rümpfte die Nase. »Riechst du das nicht?«

»Uäähh. Jetzt, wo du es sagst.« Valentin drehte sich nach hinten und der Lichtstrahl seiner Stirnlampe blendete sie für einen Moment. »Achtung Mascha, Riesenscheißhaufen, genau vor dir!«

»Riesen...?«

»...scheißhaufen. So was Widerliches!« Angeekelt wischte Valentin seinen Fuß auf dem Waldboden hin und her.

Riesenhaufen? »Darf ich?« Schon zog Luzie Valentin die Lampe vom Kopf. Sie löste sich aus Bastis Arm und drehte sich auf einem Bein zum Kothaufen zurück. Ein großer, unförmiger, matschiger, auf einer Seite zertretener Haufen: dunkles Braun durchsetzt mit hellen Sprenkeln. »Mensch! Das ist Bärenkot.«

»Das macht es auch nicht besser. Stinkt wie die Seuche.« Valentin knickte seinen Fuß abwechselnd nach innen und außen, um die Seiten des Schuhs von dem übelriechenden Kot zu befreien.

»Leute!«, rief Luzie ungeduldig, während sich in ihrem Magen Unbehagen festsetzte, das nicht von dem Gestank des Haufens stammte. »Das ist *frischer* Bärenkot. Läutet's jetzt langsam?«

»Du meinst ...« Mascha trat zu ihr und betrachtete den zertretenen weichen Kothaufen im Licht der Taschenlampe. »Der Bär hat den erst vor Kurzem hier hingesetzt?«

»Genau das meine ich.« Langsam leuchtete Luzie den Boden rundum ab.

»Bist du dir sicher?« Basti war neben sie getreten und legte seinen Arm erneut um ihre Hüfte. Erleichtert stützte sie sich mit dem freien Arm bei ihm ab und setzte den verletzten Fuß mit den Zehenspitzen leicht am Boden auf. Sie schwenkte die Lampe und das Licht glitt über Boden und Bäume.

»Schau!« Aufgeregt ließ sie den Lichtstrahl auf drei quer über den Baumstamm verlaufenden, etwa zwanzig Zentimeter langen Kratzspuren verweilen. »Das stammt von Bärenkrallen.«

»Schla…schlafen Bären nachts nicht?« Sie hörte die Unsicherheit in Valentins Stimme, sogar sein Fuß stand endlich still.

»Nachtaktiv«, antwortete Basti, noch bevor sie etwas sagen konnte. »Hören extrem gut, riechen noch besser, sehen gerade mal so gut wie wir. Keine Angst, solange wir sie nicht mit unseren Essenssachen anlocken oder erschrecken oder uns ihrem Jungen nähern, passiert nichts. Also, Rucksäcke runter. Wir lassen sie hier, nehmt nur die Schlafsäcke mit.« Er löste seine Hand von ihrer Hüfte und stellte ihren Rucksack am Boden ab. Dann knotete er den Schlafsack von den Halteösen los. Valentin und Mascha folgten seinem Beispiel. Kaum war er fertig, spürte sie wieder den festen Druck seiner Hand an ihre Hüfte. Kurz darauf war auch Valentin so weit und nahm seine Position ein. Sein Arm kreuzte Bastis in ihrem Rücken und sie legte die Arme auf ihren Schultern ab.

Mit dem ersten Schritt stimmte Basti das gleiche Wanderlied an wie am Nachmittag, als der vermeintliche Bär sich als Brigitta entpuppt hatte. Sie sang mit, hörte von hinten Maschas helle Stimme, von Valentin nur ein dunkles Summen. Sie spürte, wie er seinen Kopf nervös hin- und herdrehte, als hörte er überall verdächtige Geräusche. Sie konnte sich vorstellen, wie es in ihm arbeitete, auch sie lauschte auf jedes Geräusch, das ihr Gesang nicht übertönte. Bei der vierten Wiederholung des Liedes stoppte sie.

»Wir sollten umdrehen.«

»Jetzt?« Basti lockerte seinen Griff. »Noch ein paar Hundert Meter und wir haben den Weg erreicht. Selbst in *dem* Schneckentempo brauchen wir keine Viertelstunde mehr zur Notunterkunft!«

»Nie einem Bären folgen, schon gar nicht nachts! Der hört und riecht uns, lange bevor wir ihn sehen. Und wenn wir ihm zu nahe kommen, fühlt er sich von uns bedroht.« Luzie nahm Bastis Lampe und richtete sie auf einen Abdruck im weichen Waldboden. »Da. Schaut euch die Tatzenspuren an. Seht ihr den breiten Abdruck und vorne die Zehen und die Krallen? Wir gehen in die gleiche Richtung wie die Bären.« Sie schwenkte den Strahl der Taschenlampe über die Bäume. Eine Markierung, eindeutig Bärenkratzer, tauchte wie eine Warnung in ihrem Lichtschein auf. Allerhöchste Zeit umzudrehen. »Wir sind viel zu nah dran!«

»Was schlägst du vor?«, fragte Basti.

»Wir laufen zum Lift hoch und fahren runter. Und zur Not bleiben wir unten im Lifthäuschen.«

»Du willst in den *Lift*?«, protestierte Mascha ungläubig. »Hast du vergessen, was da eben passiert ist?«

»Er fährt doch wieder«, gab sie zurück.

»Aber wir wissen nicht, warum, und wieso er überhaupt angehalten hat! Und außerdem … es gewittert!«, rief Mascha aufgeregt. Vielleicht hatte sie wirklich Angst vor dem großen Unbekannten, der angeblich am Liftausstieg auf sie gelauert hatte. Vielleicht wollte sie aber auch nur nicht aufgeben, ohne die Spur ihrer Mutter verfolgt zu haben. Trotzdem konnten sie darauf jetzt keine Rücksicht nehmen.

Luzie seufzte. Auch wenn sie Mascha gerne helfen würde, sie

mussten zuerst sich selbst in Sicherheit bringen. »Falls am Ausstieg jemand auf uns gewartet hat, ist der längst weg. Der hat doch nach zehn Minuten gespannt, dass wir nicht mehr kommen.«

»Und meine Mutter?«

Luzie zeigte auf ihren Fuß. »Spätestens morgen früh muss ich sowieso runter vom Berg.«

»Luzie hat recht«, mischte Valentin sich ein. »Heute können wir nichts mehr tun und einer Bärenspur im Dunklen zu folgen, halte ich für unverantwortlich. Mann, wenn was ist, kann Luzie nicht mal wegrennen.«

»Soll sie auch nicht.« Bastis Ton wurde belehrend, sein Griff an ihrer Hüfte so fest, als wollte er seine Zugehörigkeit zu ihr beweisen. »Was habe ich vorhin gesagt? *Nicht* wegrennen.«

»Du weißt, was ich meine«, sagte Valentin genervt.

»Nein. Weiß ich nicht. Der Weg zur Schutzhütte ist kürzer als der Weg zurück und morgen, im Hellen sieht alles –«

Ein Blitz durchschnitt das nächtliche Schwarz, nur Sekunden später gefolgt von einem ohrenbetäubenden Donnerschlag.

Luzie schrak zusammen. Das Gewitter war schon fast über ihnen. Den Lift konnten sie jetzt vergessen. Nicht nur, dass sie jederzeit auf die Bären stoßen konnten, nun schnitt ihnen das Gewitter auch noch den Rückweg ab. Schlimmer konnte es nicht werden.

5

Der nächste Blitz zeichnete ein grelles Zickzackmuster in den Himmel. Stumm begann Nic zu zählen, doch schon knallte der Donner hinterher. Drei Sekunden, höchste Zeit, dass er die Unterkunft erreichte. Der Weg wurde breiter und lichter. Er atmete auf. Von hier waren es keine fünfhundert Meter mehr. Erleichtert fiel er in einen Laufschritt, obwohl seine Beine dafür eigentlich viel zu müde und schwer waren.

Komm, noch vierhundert Meter.

Erste Regentropfen platschten herab und trafen ihn am Kopf. Er versuchte, das Tempo zu steigern, doch diesmal streikten seine Beine. Also gut, dann würde er eben nass werden. Er war schließlich nicht aus Zucker. In zwei Minuten saß er im Trockenen und so, wie er Basti kannte, hatte der schon für ein knisterndes Feuer gesorgt.

Dreihundert Meter.

Mascha würde da sein.

Der Regen wurde stärker, drang durch seine Hose.

Zweihundert Meter. Er mobilisierte die letzten Energiereserven. Heute würden sie ohnehin keinen Schritt mehr gehen. Endlich erschien die Unterkunft im Schein der Taschenlampe. Solide und trutzig, gegen Wind und Wetter gebaut, im Fenster das warme Licht eines offenen Feuers. Mit einem Mal war die Schwere in seinen Beinen wie weggeblasen. In ein paar Sekunden würde er die Tür öffnen. Mascha würde am Feuer sitzen und er konnte die ganze Nacht mit ihr auf der Hütte verbringen.

6

Der ungeheure Knall hallte in ihren Ohren nach. So nah und ungeschützt hatte Mascha noch nie ein Gewitter erlebt und sie hätte darauf auch gut verzichten können. Und so erstarrt, wie Valentin vor ihr stand, ging es ihm wohl nicht anders.

»Basti?«, fragte da Valentin und löste sich aus seiner Erstarrung. »Was hast du vor?«

Mascha richtete den Strahl der Taschenlampe auf Basti. Luzie hing an ihm wie an einem Rettungsanker, das verletzte Bein leicht angewinkelt, und sah ihn ebenso fragend an wie Valentin und sie selbst.

Er würde also die Entscheidung treffen. Besonders entschlossen wirkte er allerdings nicht.

»Zurück oder weiter?«, fragte Luzie schließlich.

»Weder noch.« Basti wandte sich an Luzie. »Müsste nicht die alte Pinäushöhle ganz in der Nähe sein?«

Luzie nickte und zeigt mit ihrer freien Hand an Basti vorbei den Berg abwärts. »Ich schätze, knapp hundert Meter da lang.«

Höhle? Schon zog der nächste Blitz eine Zickzacklinie durch den Himmel, gefolgt von brüllendem Krachen. Mascha machte einen Satz nach vorn. Ihr Herz hämmerte. Der Blitz hatte ganz in der Nähe eingeschlagen. Sie mussten so schnell wie möglich hier weg.

»Dann los!« Basti schob seinen Arm hinter Luzies Rücken und drehte sich zu Mascha um. »Pass auf, das nächste Stück wird steil. Stemm dich mit den Hacken in den Boden, damit du besseren Halt bekommst. Klammer dich zur Not an irgendwelchen Büschen fest. Wenn du erst einmal rutschst, gibt es kein Stoppen mehr. Und hier mit deinen Schuhen wieder hochzuklettern, ist kein Spaß.«

Sie nickte. Hacken in den Boden stemmen. Sie würde einfach genau hinter den anderen bleiben, dann konnte nichts passieren. Langsam tasteten sie sich vorwärts. Basti hatte nicht übertrieben mit dem »steil«. Sie konzentrierte sich bei jedem Schritt, drückte die Fersen in den weichen Waldboden und griff bei der geringsten Unsicherheit mit der freien Hand nach Büschen und Ästen. Drohte sie abzurutschen, setzte sie sich auf den Hosenboden und arbeitete sich mit den Füßen voran vorwärts. Feuchtigkeit drang durch den dünnen Baumwollstoff ihrer Hose, Steine und Äste bohrten sich schmerzhaft in ihre Handflächen und Pobacken. Über ihr begann es zu prasseln und rauschen, dann fanden dicke Regentropfen ihren Weg durch die Baumkronen. Wieder blitzte und donnerte es fast zeitgleich. Sie unterdrückte den Impuls, zur Seite zu springen, und legte die Hand auf ihr rasendes Herz. Wo ihre Mutter jetzt wohl war? *Ich hoffe, du bist irgendwo im Trockenen, Mama. Irgendwo, wo du sicher bist und keine Angst hast.* Sie spürte den Regen auf ihren Haaren und ihrer Haut. Immer stärker und immer schneller prasselte er durch das Laub.

Der Regen musste Basti alarmiert haben. Er hatte das Tempo deutlich angezogen und eilte zusammen mit Valentin und der hinkenden Luzie voraus. So leicht es zuvor gewesen war, den dreien zu folgen, jetzt war es fast unmöglich. Der Regen verwandelte den abschüssigen Waldboden in eine Rutschbahn, auf der die glatten Sohlen ihrer Chucks keinen Halt mehr fanden. Ihre freie Hand griff nach allem, was sie vielleicht bremsen konnte, klammerte sich an Äste und Gestrüpp. Trotzdem strauchelte sie und fiel.

»Bist du okay?« Valentin wandte sich zu ihr um, gerade, als sie sich wieder hochrappelte und der Strahl ihrer Taschenlampe wilde Kreise im Dunkeln beschrieb.

»Alles gut!« Sie versuchte, ihren schmerzenden Hintern ebenso auszublenden wie die Kratzer an ihren Händen. »Nur gestolpert!«

Ihre Hand suchte nach dem nächsten Strauch. Ein scharfer Schmerz zwang sie, die Äste loszulassen. Sie richtete die Lampe darauf, erkannte die spitzen Dornen und ging weiter, verlor sogleich erneut das Gleichgewicht und rutschte. Für einen kurzen Moment gelang es ihr, sich auf den Beinen zu halten, doch dann landete sie auf der gleichen Stelle ihres Hinterns wie zuvor. Nur blieb sie diesmal nicht sitzen. Sie schlitterte bergab, grabschte wild um sich, riss nasse Farne und dünne Zweige mit, versuchte, die Füße in den Boden zu stemmen, und doch gewann sie immer mehr an Tempo, als sie haltlos ins Nichts rutschte. Da hörte sie es krachen und splittern, dann warf sich plötzlich etwas auf sie und presste sie in den Boden, so schwer, dass ihr die Luft wegblieb.

7

Nic drückte die Türklinke nach unten, als ihm die Stille auffiel. Schon längst hätte er Stimmen hören müssen. Mit einem Ruck öffnete er die Tür.

»Was …?« Verständnislos starrte er in den Raum. Im Halbdunkel des flackernden Feuers saß nur eine Person: Krailinger. Was machte der Besitzer vom Kronenhof hier? Und … wo waren die anderen?

»Nic.« Krailingers Lippen öffneten sich zu einem Lächeln, während das unruhige Licht des Feuers gespenstische Schatten auf sein Gesicht warf. »Das ist ja mal eine Überraschung.«

»Wo … Wo sind die anderen?« Nic runzelte die Stirn. Die zwei Stockbetten an der hinteren Wand waren leer, die Stühle lehnten noch genauso an dem wackeligen Tisch, wie er sie vor zwei Wochen mit der Reisegruppe aus Salzburg hinterlassen hatte.

»Die anderen?«

»Basti und Luzie und Mascha und Valentin. Hast du sie gesehen?«

»Hier?« Krailinger ließ seinen Blick spöttisch von links nach rechts durch den Raum schweifen. »Ich hab niemanden gesehen.«

Unschlüssig blieb Nic am Eingang stehen. Wo zum Teufel steckten sie dann? Es gab vom Lift aus nur einen Weg zu dieser Unterkunft – wenn ihnen unterwegs etwas passiert wäre, hätte er sie sehen müssen. Also hatte er sich getäuscht und es war doch niemand im Lift gesessen. Oder …

»Hast du vorhin im Lift festgehangen?«

Krailingers Augenbrauen wanderten belustigt in die Höhe. »Im Lift? Festgehangen?«

Nic winkte ab. Krailingers bissige Kommentare konnte er sich jetzt sparen. »Egal. Wahrscheinlich war es nur ein Wetterleuchten.«

Gut möglich, dass Basti Wolferls Sturmwarnung doch noch ernst genommen hatte und mit den anderen über den Forstweg ins Dorf zurückgelaufen war, während er sich hier hochgeschleppt hatte. Und jetzt saß er hier fest und die anderen machten es sich in ihren eigenen Betten gemütlich. *Ganz toll. Ein echter Knaller.*

Ein Blitz erleuchtete den Raum für den Bruchteil einer Sekunde taghell. Dann knallte der Donner und die Regentropfen prasselten im Stakkato auf das dünne Wellblechdach.

Nic seufzte. Heute würde er nirgendwo mehr hingehen. Er legte seinen Rucksack ab und setzte sich zu Krailinger ans Feuer.

»Und was machst du hier um die Zeit?«, fragte Nic.

»Mich hat das Unwetter erwischt.«

»Wo warst du denn?«

Krailinger stocherte im Feuer. »Ich bin die Holzwege abgelaufen. Die Lindemann soll sich da verirrt haben.«

Krailinger hatte nach Maschas Mutter gesucht? Nic hob fragend eine Augenbraue.

»Du warst mit dem Lindemann-Mädchen beim Fritz und wolltest, dass die Bergwacht lostrabt. Er hat mich angerufen und gefragt, was ich von der Sache halte.«

Aha. Daher wehte der Wind. Fritz machte sich also doch Sorgen um Maschas Mutter und wollte die Meinung vom Bürgermeister, ob er einen Trupp losschicken sollte oder nicht. Das erklärte allerdings nicht, warum ausgerechnet Krailinger selbst hier oben die Nacht verbrachte.

»Und dann ziehst *du* los, um sie zu suchen?«

»Na ja, erst die Sache mit der Babyleiche und dann der Unfall vom Becker. Wenn jetzt dieses Mädchen Terror macht, weil ihre Mutter verschwunden ist, dann kriegen wir dieses Pressepack nie wieder los. Noch dazu, wo es jetzt um eine von ihnen geht. Ich seh schon die Schlagzeilen.« Er hob die Hände vor sein Gesicht und rollte eine imaginäre Schriftrolle auf. »Journalistin in Finstermoos verschollen – wusste sie zu viel?«

»*Journalistin?*« Nic war viel zu verblüfft, um seine Überraschung zu verstecken. Das konnte nur ein Witz sein.

»Wusstest du das nicht? Die Lindemann ist bloß hier, weil die in dem Babyfund die große Story wittert.« Krailinger sah Nic prüfend an, dann huschte ein Lächeln über sein Gesicht. »Verstehe. Ihr hattet keine Ahnung, dass die Lindemann von der Presse ist. Ich hatte mich schon gewundert, dass der Valentin so viel mit ihr zusammensteckt, der hasst doch die Presseleute.«

»Mascha selbst ist aber nicht von der Presse«, sagte Nic schnell. »Nur ihre Mutter.«

Krailinger winkte ab. »Ach, geh! Das ist doch abgekartelt. Als Freundin von Valentin erfährt sie alles aus erster Hand und reicht es an ihre Mutter weiter.«

Nic starrte ins Feuer. Wenn das stimmte, musste er jede Begegnung mit Mascha noch einmal überdenken. Waren sie alle nur Mittel zum Zweck?

Als Mascha Basti und ihn auf das Gerücht über seinen Vater angesprochen hatte – stimmte das? Oder hatte sie es nur erfunden, um mehr über das Grundstücksgeschäft mit Wolferl herauszufinden? Ihre Mutter hatte sich am nächsten Tag bei der Tour extrem dafür interessiert. Immer noch eine und noch eine Frage hatte sie gestellt. Wäre er wegen der vermasselten Raftingtour mit Mascha nicht so wütend auf seinen Vater gewesen, hätte er schon damals Verdacht schöpfen müssen.

Er kickte gegen die Schieferplatte der Feuerstelle. Ein Holzscheit rutschte und fiel heraus. Funken schlugen, glutrote Holzstückchen purzelten über den Boden. Krailinger und Nic sprangen gleichzeitig hoch. Krailinger packte das Scheit mit der Feuerzange und warf es zurück aufs Feuer, während Nic mit den Füßen die Glut auf die Schieferplatte schob.

»Kannst du nicht aufpassen?«, blaffte Krailinger ihn an.

Nic zuckte entschuldigend mit den Schultern. Ab jetzt *würde* er aufpassen. Es musste einen Grund geben, warum Mascha ihm verschwiegen hatte, dass ihre Mutter von der Presse war – sogar dann noch, als sie vor Sorge um sie völlig aufgelöst war. Und er würde herausfinden, welchen.

8

Basti lag quer über Mascha und presste sie in die feuchte Erde. Im Licht des Blitzes erkannte er die Panik in ihren Gesichtszügen, dann knallte es so laut, dass selbst er zusammenzuckte. Er stemmte sich hoch und verlagerte sein Gewicht auf die Knie, während er mit einer Hand Maschas Oberarm umklammerte.

»Noch nie was von Überholverbot am Berg gehört?«, keuchte er und half ihr aufzustehen.

Sie fing an zu kichern.

Er schüttelte sie. Nichts an der Situation war auch nur im Geringsten komisch und das Letzte, was sie zu allem noch brauchten, war ein hysterischer Anfall. Langsam musste er seinem Vater recht geben: Wo immer Mascha auftauchte, war Ärger angesagt. Ein Lichtstrahl erfasste ihn. Dann ein zweiter. Valentins Stirnlampe leuchtete sie im Wechsel mit der zweiten Lampe an, dann standen er und Luzie neben ihnen.

»Mann, Mascha«, schnauzte Valentin sie an und dem Ton nach musste Maschas Rutschpartie ihn ziemlich erschreckt haben. »Hast du ein Abo auf so einen Scheiß? Wie hast du eigentlich bisher überlebt?«

Mascha schien Valentins schroffen Ton nicht zu bemerken. Sie kicherte noch immer, wobei ihre Schultern unkontrolliert zuckten.

Luzie richtete ihr Licht auf Mascha und gab ihr die Taschenlampe, die sie bei ihrer Talfahrt verloren hatte. »Was hat sie?«

»Hysterischer Anfall.«

»Den krieg ich auch gleich«, sagte Valentin, »ich habe ein Gewitter noch nie so knallen gehört.«

Das Gewitter war direkt über ihnen. Sie mussten so schnell wie möglich weiterlaufen oder hier zueinander auf Abstand gehen, sich klein machen und hoffen, dass es vorbeizog, ohne einen von ihnen zu treffen. Welche Entscheidung er auch traf, wenn es die falsche war, konnte sie tödlich sein. Er sah zu Luzie, spürte ihre Anspannung und wusste mit einem Mal, was zu tun war.

»Wir sind fast da.« Er schwenkte die Lampe nach rechts. »Valentin, kannst du Luzie allein stützen?«

»Ja.«

»Mascha, nimm meine Hand.« Ihre Hand war schmal und kalt, aber ihr Griff erstaunlich kräftig. Sie hatte sich inzwischen beruhigt und kämpfte sich wortlos mit ihm quer durch den Wald. Er drehte sich um. Valentin und Luzie versuchten so gut wie möglich, Schritt zu halten. Luzie klammerte sich an allem fest, was das Gebüsch hergab, während Valentin bei jedem Schritt seinen Fuß fest in den Boden rammte und prüfte, ob er gut stand. Er hatte bei ihrer vorletzten Tour gut aufgepasst.

Endlich erreichten sie die Lichtung. Ein ebener Weg lag vor ihnen. Erste Gefahr gebannt. Er stoppte, reichte Valentin die Taschenlampe und nahm sich im Gegenzug seine Stirnlampe. »So, ihr wartet hier. Ich check die Höhle.«

»Meinst du –«, begann Luzie.

»Ich meine nichts, ich will einfach auf Nummer sicher gehen«, sagte Basti schnell mit einem Seitenblick auf Mascha, bevor Luzie das Wort »Bär« erwähnen konnte. Den Spuren nach, denen sie vorhin gefolgt waren, musste die Höhle leer sein. Trotzdem sollte er sie zunächst allein auskundschaften.

Luzie legte ihre Hand auf seinen Arm. »Pass auf, ja?«

»Mach ich doch immer.« Er zwinkerte ihr zu, obwohl sie das gegen das Licht der Stirnlampe wahrscheinlich gar nicht sehen konnte. Dann lief er los.

Bis zum Eingang der alten Pinäushöhle waren es etwa achtzig Meter. Genug Abstand, falls die Bärin und ihr Junges in der Höhle ihr Quartier bezogen hatten. Unwahrscheinlich, aber seit Maschas Auftauchen in Finstermoos galten normale Wahrscheinlichkeiten nicht mehr – sich drei Mal in vier Tagen in Lebensgefahr zu bringen, war alles andere als normal.

Vorsichtig näherte er sich dem Höhleneingang. Er schnupperte. Scharfer Geruch. Die Bären waren auf jeden Fall hier gewesen. Aber wann?

Jetzt hätte er Luzies Spürsinn gebraucht. Sie würde wissen, wann hier zuletzt ein Bär geschlafen hatte und ob die Höhle benutzt wurde.

Mist. Was er vorhatte, widersprach allem, was er gelernt hatte. *Gehe niemals in eine Höhle, bei der auch nur die geringste Wahrscheinlichkeit besteht, dass ein Bär sie benutzt.*

Niemals.

Nur, tat er es nicht und der nächste Blitz erwischte einen von ihnen, würde er sich sein Leben lang Vorwürfe machen.

9

Es war verrückt. Warum immer sie? Hätte diesmal nicht Valentin ausrutschen können? Oder Luzie? Mascha wickelte den Schlafsack wie einen Regenschutz um sich. Er war feucht und schmutzig und stellenweise eingerissen von der Rutschpartie über den Waldboden, aber immerhin war er noch da. Neben ihr tuschelten Luzie und Valentin.

Er war in sie verliebt. Das war offensichtlich. Und sie? Sie mochte ihn. Eindeutig. Aber die Blicke, die sie Basti zuwarf, sprachen Bände. Über Liebe, nicht über Freundschaft.

Und Basti? Er war der Einzige, den sie nicht einschätzen konnte.

Basti, Luzie, Valentin. Vor drei Tagen hatte sie noch nie von ihnen gehört. Heute verdankte sie ihnen ihr Leben.

Verrückt.

»Mascha?« Luzie hüpfte auf einem Bein zu ihr. »Bist du okay? Du klapperst mit den Zähnen.«

Tatsächlich. Sie öffnete und schloss den Mund, bis ihre Kiefer sich langsam entspannten. Sie wollte Luzie gerade antworten, als der nächste Blitz den Himmel spaltete. Die Elektrizität lag so spürbar in der Luft, dass Maschas Härchen an den Armen sich aufstellten. Sekunden später knallte der Donner.

Sie schrak zusammen. Atmete tief durch. *Was hast du über Gewitter gelernt? Erinnere dich!* Donner entsteht, weil die Hitze des Blitzes explosionsartig die Luftmoleküle verdichtet und die dadurch entstehende Druckwelle die Schallmauer durchbricht. Aber was war mit den Blitzen? Sie wurden von Metall angezogen. Wie viel Metall brauchte es, um einen Blitz anzuziehen? Und was hatte es mit Leitfähigkeit und Erdung auf sich?

Sie würde es jetzt nicht genau hinbekommen, eins war jedoch gewiss: Je weniger Metall sie an sich hatten, desto besser. Selbst wenn ihre Halskette die Wahrscheinlichkeit eines Blitzschlages nicht erhöhen sollte, verstärkte sie auf jeden Fall das Risiko von schweren Verbrennungen, falls der Blitz in der Nähe einschlug und der Ausläufer sie erwischte.

»Wir müssen alles Metall loswerden.« Mascha legte den Schlafsack zu Boden und versuchte, den Verschluss ihrer Silberkette zu öffnen. Im Licht der Taschenlampe sah sie, wie Luzie an ihrer Uhr nestelte, während Valentin keinerlei Anstalten machte, sich von seinen Metallteilen zu befreien. Stumm hielt er die Taschenlampe auf Luzie und sie gerichtet. Nur das leichte Zittern des Lichts verriet, dass er innerlich keineswegs so ruhig war, wie er nach außen vorgab.

»Mach schon«, forderte sie ihn auf. »Oder glaubst du, du bist immun gegen 30.000 Ampere?«

»Nein.« Seine Stimme war belegt. »Aber ich kann die Titanplatte in meinem Ellenbogen nicht aus meinem Körper entfernen. Das macht der Reißverschluss dann auch nicht mehr fett.«

Mit offenem Mund starrte Mascha ihn an. Titanplatte im Ellenbogen? Bedeutete das, er war besonders gefährdet?

Nervös sah sie in die Richtung, in die Basti verschwunden war, aber es war viel zu dunkel, um mehr als die Konturen des Waldes erkennen zu können, den sie gerade hinter sich gelassen hatten. Wo blieb Basti nur so lange?

Sie musste etwas tun.

Valentin hatte sie vor dem Ertrinken gerettet. Unter Einsatz seines eigenen Lebens. Als ihr Pferd durchgegangen war, hatte Luzie sie vor einem tödlichen Sturz bewahrt. Jetzt war sie an der Reihe.

Entschlossen nahm sie Valentin die Taschenlampe ab und beleuchtete das Terrain. Sie waren auf einer Anhöhe, links der Wald, geradeaus in ziemlicher Entfernung ein Felsmassiv. Sie waren die höchste Erhebung weit und breit und es gab nichts, wo sie sich verstecken konnten. Der Wald schied als Schutzzone aus. Ihr Lichtstrahl wanderte weiter. Stopp. Was war das?

Sie lief zu der dunklen Kontur etwa zwanzig Meter entgegengesetzt zu der Richtung, in die Basti verschwunden war.

Ein Felsen. Knappe fünf Meter breit und drei, vier Meter hoch, mit einem treppenartigen Vorsprung. Eine Erhöhung. Auch wenn die Chance gering war: Metall, das dort platziert wurde, konnte den Blitz von ihnen ablenken.

Sie steckte die Lampe in ihren Hosenbund. Das kalte Metall an ihrer Haut ließ sie zusammenzucken. Sie rannte zu dem Felsen und erklomm geschickt den treppenartigen Vorsprung. Dort nahm sie die Taschenlampe und schleuderte sie den Fels hinauf, als sie Valentin rufen hörte.

»Mascha! Komm da runter, verdammt!«

Sie setzte zum Sprung an, genau als der nächste Blitz seine Signatur in den Himmel schrieb.

7. August – 20:10 Uhr

10

»Die Lösung?« Nic stößt sich von der klammen Wand ab.

Lösung, von wegen!

Egal, wie aufgeregt Valentin eben geklungen hat: Es gibt keine Lösung, um diesem stinkigen Drecksloch zu entkommen. Wann kapieren die beiden das endlich? Höchstens noch eine Unsinnsaktion. Wie Bastis Vorschlag, die Wände nach einem Lüftungsloch abzutasten. Das Einzige, was ihm das gebracht hat, sind Nackenschmerzen.

»Wir graben uns unten durch.« Valentins Stimme vibriert regelrecht. Er scheint von seiner Idee tatsächlich überzeugt zu sein. Nic zuckt mit den Schultern. Also doch: Unsinnsaktion. Wie erwartet, nur diesmal von Valentin.

»Und wie?« Er dreht sich in die Richtung, aus der Valentins Stimme gekommen ist. »Willst du dich mit den Händen durchbuddeln? Das ist kein Wüstensand. Wir sind in den Bergen. Wahrscheinlich haben die den Bunker in den Fels gesprengt.«

»In der Baugrube ist Kiesboden. Wenn wir Glück haben, geht der bis hier runter.«

»Ich bin dabei!« Schon klatscht Basti in die Hände, offenbar aufgewacht aus seinem kurzen Dornröschenschlaf der Hoffnungslosigkeit.

Natürlich ist Basti dabei. Und natürlich findet er diese Idee großartig, wie sein nerviges Klatschen beweist. Dieses pseudofröhliche Motivationsgetue. Als sei das eine Abenteuertour von *Off Limits*.

»Ich sage nur«, Basti pustet und Nic sieht vor seinem inneren Auge Bastis Strähne fliegen, »*The Great Escape*. Steve McQueens beste Rolle.«

»*Alcatraz*«, schießt Valentin zurück. »Das liegt auf einem Fels. Die Jungs hat das nicht abgehalten, es wenigstens zu versuchen.«

Nic stöhnt. »Die haben sich aber nicht durch den Fels, sondern durch die Wände in einen ungenutzten Versorgungsschacht gegraben! Und außerdem sind das Filme!«

»Beruhend auf wahren Begebenheiten.« So bestimmt, wie Valentin seine Argumentation abschmettert, könnte er genauso gut »Käsebrot« oder auch gar nichts sagen.

»*Der Graf von Monte Christo*!«, ruft Basti.

Der Graf. Ist ja klar, dass Basti den Grafen zur Überzeugungsarbeit herbeizitiert. Fehlt noch, dass er Papas üblichen Spruch loslässt: *Würde der Graf aufgeben? Nein! Nie würde er aufgeben.*

Das Schaben von Schuhsohlen nähert sich, dann tastet jemand über die Wand, durch die Luft, berührt ihn, legt eine Hand auf seine Schulter.

»He, Bruderherz. ›Nie aufgeben‹ ist die Devise! Weißt du, wie viele Jahre der Graf gegraben hat?«

Bingo. *Der Graf würde nie aufgeben.* »Eben. Hast du vergessen, wie wenige Stunden wir nur noch zur Verfügung haben?« Er tastet nach Basti. Es tut gut, ihn zu spüren. Etwas Warmes, Lebendiges in dem klammen Grab. Und es schmerzt. Deshalb erträgt er seinen Optimismus nicht. Weil es unerträglich ist, dass Basti hier bei ihm ist und er ihn nicht beschützen kann. Dass er bei Basti genauso versagen wird, wie er bei Mascha versagt hat.

31. Juli

11

Der Knall des Donners hallte hundertfach von den Wänden der Höhle wider. Basti lief zum Eingang. Kaum hatte er die Höhle verlassen, trug der Wind aufgeregte Stimmfetzen zu ihm. Es war etwas passiert! *Mascha.* Ihr Name wirbelte durch die Luft, mal Luzies Stimme, mal die von Valentin. Warum riefen sie nach ihr? So schnell es der nasse Weg zuließ, sprintete er zu den anderen.

»Mascha antwortet nicht! Ich glaube, der Blitz hat sie erwischt.« Luzies helle Stimme überschlug sich fast.

Da tauchte Mascha im Kegel seiner Lampe auf. Sie lag am Boden, die Arme von sich gestreckt. Mit zwei Schritten kniete er neben ihr und legte seine Finger an ihre Halsschlagader. Ein Pochen. Schwach. Langsam. Sie lebte.

Er zog ihren Kopf und ihre Schultern auf seine Knie und schüttelte sie. »Mascha!« *Hoffentlich hat sie nur den Ausläufer des Blitzes abbekommen.*

Er schüttelte sie wieder. »Mascha!« Endlich bewegten sich ihre Augenlider. Sie flatterten, dann öffnete sie die Augen, nur um sie sogleich wieder zuzukneifen. Er drehte seine Kopflampe seitlich.

»Mascha, hörst du mich?«

Erneut flatterten die Lider.

Er strich ihr eine Strähne aus der Stirn. »Kannst du aufstehen?« Ihr Kopf brachte etwas wie ein angedeutetes Nicken zustande.

Er schob seine Arme unter ihre Achseln und zog sie hoch. Ihre Beine knickten ein, er stützte sie mit seinem Körper und versuchte erneut, sie hinzustellen. »Konzentrier dich auf deine Beine. Schick ihnen einen Befehl. Du schaffst das.«

Sie stieß die Luft aus. Atmete tief, dann stand sie. Wackelig, aber auf ihren Beinen.

Gut so, die Zeit drängte, sie mussten in der Höhle sein, bevor der nächste Blitz sich ein Ziel suchte.

Im Inneren der Höhle verlor das Unwetter seine Bedrohlichkeit. Hier konnten sie zumindest die Blitze nicht erwischen. Dass sie trotzdem keineswegs aus der Gefahrenzone heraus waren, musste er den anderen ja nicht gleich auf die Nase binden, sie waren gestresst genug.

»Du weißt, nach was das hier stinkt.« Luzie war ganz nah an ihn herangehumpelt und hatte ihre Stimme so sehr gesenkt, dass selbst er sie kaum verstehen konnte.

»Genauso gut wie du«, flüsterte er zurück und hoffte, dass Mascha und Valentin der strenge Geruch, den die Bären hinterlassen hatten, nicht auffiel. »Wir müssen ein Feuer machen und es die ganze Nacht am Brennen halten. Das ist die wirksamste Barriere – falls sie zurückkommen.«

»Und woher nimmst du trockenes Holz?«, fragte Luzie, nun etwas lauter. »Es regnet.«

Er drehte den Kopf und damit das Licht.

»Boah!«

»Ja«, grinste er, »im letzten Survivalkurs waren eine Menge übereifriger Schüler. Das Holz reicht locker.« Sauber aufgeschichtet stapelte sich Feuerholz an der Höhlenwand. Dicke

Äste, dünne Äste, Reisig, alles, was man brauchte, um ein ordentliches Feuer zu machen. Er legte seinen Arm um Luzie und drückte sie einen Moment an sich. Wie gut es sich anfühlte, sie bei sich zu haben. Es war an der Zeit, reinen Tisch zu machen. Am besten noch heute, wenn sie später am Feuer saßen. Dann konnte er sie vor den anderen in den Arm nehmen und sie die ganze Nacht nicht mehr loslassen.

Und Valentin? Er zog seinen Arm von ihrer Schulter. Wie würde Valentin reagieren? Es war nur ein paar Stunden her, dass er ihm seine Liebe zu Luzie gebeichtet hatte. *Und du Idiot hast ihm auch noch versichert, dass zwischen dir und Luzie nichts läuft!*

Keine halbe Stunde später warf ein Feuer tanzende Schatten an die Höhlenwände. Basti streifte als Letzter ebenfalls seine Hose ab und befestigte sie wie die anderen an einem langen Stecken. Dann nahm er seinen und Luzies Stock und stellte sich damit näher an die Flammen. Konzentriert lauschte er auf die Geräusche außerhalb der Höhle. Das Prasseln des Regens war verstummt, Donner grollte nur noch aus weiter Ferne. Das Gewitter war zum Glück weitergezogen.

»Morgen stinken wir geräuchert.« Valentin befühlte den Stoff seiner Hose. An den ungleichmäßigen Flecken erkannte Basti, dass sie fast trocken war.

»Lieber geräuchert als erfroren«, konterte er.

»Mensch! Könnt ihr mal aufhören!«, fauchte Luzie. »Ich hab so Hunger, ich kann nur noch an den Räucherschinken auf den Broten denken …«

Basti grinste. Wenigstens Luzie war wieder ganz die Alte. Hatte sie Hunger, war mit ihr nicht zu spaßen. Schnell nahm er seine Hose von dem Stecken und zog sie an. Der noch feuchte Stoff klebte unangenehm kalt an seiner Haut.

»Überredet, ich besorg uns schnell was zu essen. Eure Rucksäcke müssten keine zehn Minuten von hier entfernt sein.« Mit einem Zwinkern in Richtung Luzie und die schlafende Mascha fügte er hinzu: »Jedenfalls, wenn man einigermaßen ordentlich laufen kann.«

»Spinnst du?«, fuhr Luzie hoch. »Du willst noch mal los? Und die Bären?«

»Ich pass schon auf«, sagte Basti und zog Schuhe und Jacke an.

»Soll ich mitkommen?«, fragte Valentin zögerlich, doch Basti schüttelte so vehement den Kopf, dass Valentin ohne Widerspruch am Feuer sitzen blieb.

Der Wald roch feucht und frisch und obwohl es längst nicht mehr regnete, erwischten Basti immer wieder dicke Tropfen aus dem nassen Laub der Bäume.

Ohne Valentin zu gehen, war die richtige Entscheidung gewesen. Endlich mal musste er keine Rücksicht auf einen Schwächeren nehmen. Abgesehen davon benahm Valentin sich seit Maschas Blitzunfall wie ferngesteuert.

Er drehte den Kopf. Wenn er sich nicht komplett täuschte, hatten sie die Rucksäcke etwa hundert Meter westlich von hier abgelegt. Jetzt ein Bär sein, der nur der Räucherspeckfährte folgen musste …

Plötzlich hörte er ein Knacken. Instinktiv riss er die Kopflampe herunter und löschte das Licht. Er drängte sich dicht an einen Baum und starrte gebannt ins Dunkel, als er ein gutes Stück oberhalb ein Leuchten bemerkte, das eigentümlich durch den Wald tanzte. *Glück gehabt.* Kein Bär. Blieb die Frage, wer hier nachts durch den Wald schlich.

Ein Hund bellte.

»Luzie? Bist du da?«

Das gibt es doch nicht! Was machte der Förster hier? *Bleib ja weg, Sammie!*

»Luzie?« Das Licht wanderte durch den Wald, blieb stehen, verweilte, wanderte weiter, während Sammie ohne Unterlass bellte.

»Luzie?« Die Stimme des Försters übertönte das Bellen. »Aus, Sammie, hier ist sie nicht. Zurück zum Weg.«

Basti lauschte, wie die Schritte des Försters sich entfernten. Gut so, nach all dem, was Valentin ihm über den Förster erzählt hatte, war eine Begegnung mit ihm so ziemlich das Letzte, was heute noch auf seiner Wunschliste stand. Nur, warum suchte der Förster überhaupt nach Luzie? Ihre Mutter wusste doch, wo sie war. Hatte ihr Vater herausgefunden, dass sie mit ihm und Valentin unterwegs war, und wollte sie deshalb nach Hause holen wie ein Kleinkind? Oder was sonst hatte das zu bedeuten?

Sollte er ihn rufen?

Er biss sich auf die Lippe. Und dann? Der Förster hasste ihn. Und Valentin. Valentins Vater lag wegen ihm sogar im Krankenhaus. Wer wusste, wie der Förster auf die Situation reagieren würde. Luzie und Mascha halbnackt in der Höhle mit Valentin. Kein gutes Bild für jemanden, der so krankhaft über seine Tochter wachte, dass er sogar Valentins Bremsen manipuliert hatte, um ihn von Luzie fernzuhalten.

Nein, er würde warten, bis der Förster weit genug weg war, dann die Rucksäcke holen und so tun, als hätte er ihn nie gesehen.

»Du bist mein Held«, seufzte Luzie.

»Dein Lieferheld«, witzelte Basti und kniff sie spielerisch in den großen Zeh. Was zwei fett belegte Wurstbrote bei Luzie doch ausmachten. Vielleicht war es aber auch die kühlende Creme, die er gerade in ihr dick geschwollenes Sprunggelenk einmassierte. Er konnte nur hoffen, dass die Schwellung bis zum Morgen zurückging, sonst würde sie nicht mehr in den Schuh hineinkommen.

Er wandte sich zu Mascha. »Na? Geht's?«

Sie nickte, doch fit sah sie nicht aus. Trotz der kurzen Schlafpause, die sie eingelegt hatte. Immerhin hatte sie ein Brot gegessen und sich ein wenig am Gespräch beteiligt – im Gegensatz zu Valentin. So still hatte er ihn noch nie erlebt. Als wäre er mit seinen Gedanken auf einem anderen Planeten.

»Also, Val«, sagte Basti aufmunternd, »raus mit der Sprache: Warum hast du eine Titanplatte in deinem Arm?«

Valentin fuhr mit der Hand über seinen Ellenbogen. Es war der unverletzte Arm, der ohne die Schürfwunden von seinem Sturz mit dem sabotierten Fahrrad.

»Ein Unfall.«

»Fahrrad?«, fragte Mascha nach.

»Nein«, Valentin räusperte sich. Er beugte sich nach vorn, senkte den Kopf und stocherte mit einem Stecken im Feuer. Neugierig beäugte Basti ihn. Was war nur los? Bis zu Maschas Kamikazeaktion vorhin war er noch völlig normal gewesen.

»Bist du okay?«, fragte Luzie und nahm ihr Bein von seinem Schoß.

Doch Valentin antwortete nicht. Stattdessen beugte er sich noch tiefer und stocherte noch heftiger. Basti und Luzie sahen sich fragend an, dann legte Luzie ihre Hand auf Valentins vorgebeugten Rücken. »He«, sagte sie leise, »was ist los?«

»Ich …«, er räusperte sich wieder. »Ich dachte, Mascha … wäre tot.«

Basti sah Luzie erneut an und zog verwundert die Augenbrauen zusammen. Musste er das verstehen? Mascha saß neben Valentin. Sie lebte. Ihr ging es sogar erstaunlich gut. Warum also nahm ihn das so mit?

»Ist bei dem Unfall damals jemand gestorben?«, fragte Mascha unvermittelt.

Valentin schnellte hoch, der Stock landete im Feuer.

Treffer. Basti schielte zu Valentin. Seine Fäuste waren geballt, sein Körper steif und angespannt. Er sollte Mascha ein Zeichen geben, damit sie ihn nicht weiter mit Fragen bombardierte. Ganz offensichtlich wollte Valentin nicht darüber reden.

»Jemand, der dir wichtig war?«, bohrte Mascha jedoch bereits nach.

»Meine … Schwester.«

Bestürzt suchte Basti wieder Luzies Blick. Sie hob die Schultern. Sie war genauso überrascht wie er.

Valentin hatte seine Schwester verloren?

Schwester?

Er hatte noch nie von ihr gehört!

»Willst du uns nicht von ihr erzählen?« Wieder sprach Mascha. Doch diesmal war ihre Stimme so sanft, als wollte sie ein Kind trösten. »Solange man von den Toten erzählt, sind sie bei uns.«

Zögerlich drehte Valentin sich um. Basti merkte ihm an, wie sehr er mit sich kämpfte. »Sie hieß Alex«, sagte er, ohne einen von ihnen anzusehen. »Alexandra.«

»Schöner Name«, sagte Luzie. »War sie älter oder jünger als du?«

»Älter. Vier Jahre. Sie war sehr hübsch.« Ein Lächeln erschien auf seinen Lippen. »Und klug. Jedenfalls war sie für mich die klügste und hübscheste Schwester, die man sich vorstellen kann.«

Er setzte sich. Erneut in seine eigenen Gedanken vertieft. Basti wartete, ob er weitersprechen würde, dann erhob er sich und warf mehrere dicke Äste ins Feuer. Schon seltsam, dass Valentin noch nie über seine Schwester geredet hatte. Obwohl – er selbst sprach auch nie über seine verstorbene Mutter. Er hasste dieses verlegene »Oh, das tut mir aber leid …«, gepaart mit einem Blick, der genau verriet, dass der Fragende sich weit, weit weg wünschte, um der peinlichen Situation zu entfliehen. Auch Valentin wusste es nur, weil er ihr Foto gesehen und nachgefragt hatte. Mascha dagegen wusste es gar nicht, jedenfalls nicht von ihm.

»Was ist passiert?«, unterbrach Mascha die Stille, die sich über sie gelegt hatte.

»Wir sind gestürzt. Auf einer von Paps' Baustellen. Wir haben Fangen gespielt.« Valentin rieb sich die Stirn, als wollte er die Erinnerung wegwischen.

»Und dann?« Wieder Mascha. Begriff sie nicht, dass Valentin nicht darüber reden wollte? Er hätte sie für einfühlsamer gehalten. Basti warf ihr einen verstohlenen Blick zu und schüttelte fast unmerklich den Kopf.

»Da war ein Schacht, er war noch nicht korrekt gesichert …« Valentins Hand fuhr immer hektischer über die Stirn. »Sie ist hineingefallen. Und ich auf sie drauf. Sie war sofort tot. Und mir fehlte nichts außer einem zerschmetterten Ellenbogen.«

Schweigen füllte den Raum.

Oh Mann, krass. Kein Wunder, dass Val so vernünftig und brav ist.

»Puh«, sagte Mascha schließlich.

»Sie war erst zwölf Jahre alt. Sie wäre jetzt dreiundzwanzig.«

»Es ist nicht deine Schuld«, mischte Luzie sich ein.

»Ja, das haben Paps und Mum auch gesagt. Aber wäre ich nicht auf sie draufgefallen, hätte sie vielleicht überlebt. Eine Zeitung hat geschrieben, ich hätte sie geschubst. Aus Eifersucht. Weil sie der Liebling meiner Eltern war. *Großes Familiendrama bei Baumogul.* Da hat so ein Unfall nicht gereicht. Und als Paps rechtlich gegen die Pressegeier vorgegangen ist, sind sie ihm auf die Pelle gerückt und haben seine Baustellen auseinandergenommen. Es hat ihm fast das Genick gebrochen. Und mir auch. Könnt ihr euch vorstellen, wie es sich anfühlt, mit so einer Schuld zu leben?«

12

Endlich Ruhe.

Nic gab dem Scheit vor ihm einen Stoß und manövrierte es in die Mitte der Glut. Sogleich züngelten Flammen aus dem trockenen Holz. Er schielte zu Krailinger, der sich auf der Pritsche ausgestreckt hatte. Wie konnte ein einzelner Mensch nur so viel reden?

Er sollte auch schlafen. Wenn er könnte. Wenn da nicht dieses nagende Gefühl wäre.

Was hatte es mit dem Lichtschein im Lift auf sich gehabt? Nur Einbildung? Oder war der, der im Lift gesessen hatte, zur Hannwagneralm hochgelaufen? *Hör auf, dich zu stressen, Basti und die anderen sind über den Forstweg zurückgelaufen.*

Das Scheit knisterte. So trocken, wie das Holz war, lagerte es schon seit Jahren hier. Er starrte ins Feuer. Von wegen, die Nacht mit Mascha am romantischen Feuer verbringen.

Pustekuchen.

Das mit Mascha konnte er knicken.

Nach dem, was Krailinger über ihre Mutter erzählt hatte … Wenn er nur wüsste, welche Rolle Mascha dabei spielte. Sie hatten sich so gut verstanden. Endlich eine, die ihn wirklich interessierte. Sie war so anders. Und so, wie sie sich ihm gegenüber verhalten hatte, interessierte sie sich auch für ihn – warum also diese Geheimnistuerei?

Versuchte sie wirklich, wie Krailinger felsenfest behauptete, Basti, Valentin und ihn für ihre Mutter auszuspionieren?

Da hörte er ein Winseln. Er setzte sich kerzengerade auf, richtete seinen Blick auf die Tür. Hinter ihm knarzte die Pritsche.

Schritte, dann wurde die Tür aufgerissen.

Im Rahmen der Förster, sein Gewehr im Anschlag.

13

Außer dem Knistern des Feuers war in der Höhle kein Mucks zu hören. Seine Schwester so zu verlieren. Grausam. Was sollte man darauf sagen? Es gab nichts, was es wieder gutmachen oder Valentin trösten konnte. Basti schauderte. Allein die Vorstellung, er könnte verantwortlich für Nics Tod sein …

Er blies sich eine Strähne aus den Augen und starrte in die Flammen. Und dann die Sache mit der Presse. Kein Wunder, dass Valentin allergisch auf Journalisten reagierte.

Ein Ächzen ließ ihn aufblicken. Luzie war aufgestanden und humpelte barfuß Richtung Höhlenausgang.

»Wo willst du hin?«

»Pipi.«

»Draußen?«

Sie blickte über die Schulter zurück, die Augenbrauen hochgezogen, als verstünde sie die Frage nicht. »Äh … ja. Wo sonst?«

»Du solltest nicht allein rausgehen.«

Sie tippte sich an die Stirn. »Weil? Was soll mir denn beim Pinkeln passieren?«

Basti presste die Lippen zusammen. War ja klar, dass Luzie ihn für verrückt erklärte. Sie hatte schon viel zu viele Nächte in den Bergen verbracht, um sich vor ein bisschen Dunkelheit zu fürchten. Und er konnte kaum sagen, dass ihr Vater nach ihr suchte und Sammie sich, wenn sie ihre Fährte aufnahm, mit Sicherheit nicht mehr beruhigen ließ. Noch weniger konnte er ihr jetzt erklären, dass er ihrem Vater deshalb hier nicht begegnen wollte, weil er nicht nur Valentins Bremsen sabotiert, sondern auch seinen Vater in die Grube gestoßen hatte. Und dass er befürchtete, dass ihr Vater derzeit völlig unzurechnungsfähig war. Warum sonst rannte er im Gewitter und im Stockdunkeln durch den Wald und suchte nach ihr? Sie war immerhin mit der Zustimmung ihrer Mutter unterwegs. Das war doch krank.

Luzie sah ihn noch immer mit diesem »Geht's-noch?«-Ausdruck an.

»Ich kann ja mitgehen«, bot sich Mascha an. Sie stemmte sich hoch, doch auf halbem Weg gaben ihre Beine nach, sie knickte ein und schwankte gegen Valentin.

»Hoppla.« Valentin half ihr, sich wieder hinzusetzen. Maschas Gesicht war kreidebleich.

Genau darauf hatte er den ganzen Abend gewartet: Ihr Kreislauf spielte nicht mehr mit. Basti sprang auf und lief zu ihr.

»Super Idee.« Er legte Mascha flach auf den Boden und hielt ihre Beine in die Höhe. »Humpelfuß und Wackelbein. Was soll das denn bringen?« Er beobachtete, wie Mascha immer wieder hart die Luft ausstieß. Sie versuchte eindeutig, gegen Übelkeit anzukämpfen. Hoffentlich schaffte sie es, sonst würden sie heute Nacht alle mit dem Geruch von Erbrochenem einschlafen.

»Ich kann Luzie begleiten.« Valentin erhob sich und so wie er Luzie ansah, hoffte er offenbar, ein paar ungestörte Minuten mit ihr zu ergattern. Bastis Magen drehte einen Salto. Wollte er ihr etwa jetzt seine Liebe gestehen?

»Nein!«, rief er viel zu laut.

Valentin musterte ihn mit hochgezogenen Augenbrauen. »Nein? Warum soll ich Luzie nicht begleiten?«

»Weil …« *Und jetzt? Weil was? Weil sie meine Freundin ist und du endlich aufhören sollst, sie anzugraben?* »Weil sie das nicht will.«

Valentin schüttelte verständnislos den Kopf. »Und das weißt du woher? Manchmal führst du dich echt auf wie ein Obermacker. Voll scheiße ist das.«

»He!« Luzie hatte sich zu ihnen umgedreht. »Es reicht! Wer mich begleitet und wer nicht, entscheide immer noch ich.«

Hitze stieg in Basti hoch. Wenn sie jetzt Valentin wählte, um ihm eine Lektion zu erteilen …

»Au.« Maschas Bein zuckte in seiner Hand. »Du quetschst meine Knöchel zusammen.«

Er lockerte seinen Griff. »Entschuldigung.«

»Ich gehe mit …« Luzie drehte ihren Kopf zu ihm und dann zu Valentin. »Mit meiner Taschenlampe. Und wenn einer von euch Holzköpfen meint, mir folgen zu müssen, ziehe ich sie ihm über den Schädel. Trotz Humpelfuß!« Damit hinkte sie zum Ausgang und verschwand in der Finsternis.

»Okay, Jungs! Cool bleiben, ja?« Maschas Stimme war noch immer dünn, aber ihre Gesichtsfarbe kehrte langsam wieder zurück. »Das war ein ziemlich krasser Tag und dass wir alle noch leben, verdanken wir nur unserem Zusammenhalt. Anstatt uns gegenseitig an die Gurgel zu gehen, sollten wir lieber überlegen, wer uns da im Lift hat hängen lassen wie Räucherfleisch.«

Bastis Blick war starr auf den Höhleneingang gerichtet. Wie konnte ein Mensch so lange zum Pinkeln brauchen? Er stand auf. Tigerte zum Holzhaufen. *Schluss.* Er hatte lange genug gewartet. Er würde gehen und nachsehen und wenn sie ihm die Lampe an den Kopf knallen wollte, bitte schön. Er spähte zu Valentin. Sein Blick war ebenso unverwandt auf den Eingang gerichtet. Wahrscheinlich kämpfte er genauso mit sich wie er selbst.

Da hörte er ihr Hinken. Erleichtert griff er nach ein paar Ästen und kehrte zum Feuer zurück, während Luzie, ohne ihn oder Valentin überhaupt zu beachten, zu ihrem Platz humpelte. Er warf die Äste ins Feuer und half ihr, sich so zu setzen, dass sie den Fuß nicht belasten musste. Dann ließ er sich neben ihr auf dem Schlafsack nieder.

Mascha hatte recht. Sie mussten zusammenhalten und sie mussten herausfinden, wer sie im Lift festgehalten hatte. Immerhin war derjenige wahrscheinlich auch dafür verantwortlich, dass Mascha um ein Haar ertrunken wäre, und möglicherweise hatte derjenige auch den Schuss abgegeben, der sie bei ihrem gemeinsamen Ausritt fast ins Jenseits befördert hätte. Könnte das auch der Förster gewesen sein? Bastis Augen wanderten nach rechts. Luzie zog ihren Wanderschuh vom Fuß und wackelte ächzend mit den Zehen. Was für eine absurde Situation. Der Förster war ihr Vater. Er würde doch nicht seine eigene Tochter in Gefahr bringen! Außerdem … Für die Aktionen gegen Valentin und seinen Vater hatte der Förster wenigstens Gründe, aber gegen Mascha?

In dem Moment wandte Valentin sich an Mascha. »Du sagst, wir sollen zusammenhalten. Findest du nicht, dass Basti und Luzie dann ein Recht darauf haben, zu erfahren, was du mir im Lift anvertraut hast?«

Sie nickte, ergeben, als hätte sie auf genau diese Ansage gewartet, und setzte sich auf, die Augen auf den Boden geheftet. »Ich habe ein Gespräch belauscht, in dem zwei Männer sich über meine Mutter und mich unterhalten haben. Angeblich weiß meine Mutter etwas, was sie nicht wissen soll, und deswegen wollen diese Männer meine Mutter und mich aus dem Weg räumen.«

»Was?«, rief Luzie. »Und das sagst du uns erst jetzt?«

Basti kniff die Augen zusammen. Das war … heftig. Genau betrachtet, hatte Mascha sie wissentlich ins offene Messer laufen lassen. Sie hatte ihnen erst gar nicht die Gelegenheit gegeben, selbst zu entscheiden, ob sie sich der Gefahr aussetzen wollten oder nicht.

»Es tut mir leid.« Ihr Blick war noch immer auf den Boden gerichtet.

»Sie hatte einen Grund, uns nicht einzuweihen«, sprang Valentin ihr bei.

Einen Grund? Basti schüttelte den Kopf. Es konnte keinen Grund geben, der das entschuldigte. Sie hatte sie blind in dieses Schlamassel rennen lassen!

»Ach?«, schnappte Luzie. Offensichtlich war sie genauso sauer wie er. »Da bin ich aber gespannt!«

»Sie hatte Angst, ihr könntet nach den Männern fragen«, sagte Valentin gepresst.

Und das soll ein Grund sein? Dann begriff er. Nach dem, was Valentin über den Förster herausgefunden hatte, verdächtigte Mascha nun ebenfalls den Förster und wollte Luzie nicht damit konfrontieren. Gut. Das konnte er nachvollziehen. Letztlich hatten Valentin und er es nicht anders gehandhabt. Er äugte zu Luzie.

»Und«, fragte sie fordernd, »wer glaubst du, waren die Männer?«

Mascha wechselte einen Blick mit Valentin, der zustimmend nickte.

»Es tut mir leid, aber … ich kann weder deinen«, sie wandte sich an Luzie, »noch deinen«, ihr Blick blieb bei Basti hängen, »Vater ausschließen.«

14

Bevor Nic reagieren konnte, war Krailinger schon von seiner Pritsche gesprungen. Er riss sein Gewehr an sich und lud es mit einem Tack-Tack durch. »Nimm die Knarre runter, du Arsch!«

Nic starrte von Krailinger zum Förster und zurück. Waren die beiden völlig wahnsinnig? Die Atmosphäre in der kleinen Hütte war so explosiv wie ein überhitzter Atomreaktor. Eine falsche Bewegung und alles war möglich. Nics Mund war so trocken, dass er keinen Ton herausbrachte. Er versuchte, klar zu denken, er musste etwas sagen, die Situation entschärfen, nur was? »Habt ihr einen Vogel?«, rief er laut. »Nehmt die Waffen runter!«

»Er zuerst.« Krailinger zeigte mit einem Kopfnicken auf den Förster. »Er ist hier mit der geladenen Knarre reinmarschiert. Wo glaubt der, dass er ist? Im wilden Kurdistan?«

Nic blitzte den Förster an. »Hast du gehört? Waffe runter. Was soll das eigentlich?«

Der Förster sicherte das Gewehr und hängte es über seine Schulter. »Ich dachte, ihr seid … ihr wisst schon.«

»Nein, weiß ich nicht«, sagte Krailinger und legte sein Gewehr ebenfalls weg. Nic atmete hörbar auf.

»Wilderer«, murmelte der Förster.

»Ach«, sagte Krailinger spöttisch, »die erschießt du? Interessant. Weiß ich wenigstens, wer's war, wenn die hier ein Massengrab ausbuddeln.«

Statt zu antworten, klopfte der Förster an die Seite seines Oberschenkels. Fast zeitgleich erschien Sammies Schnauze an seiner Hand. Gemeinsam traten sie in die Hütte ein.

Der Förster führte Sammie zu einem Platz am Feuer und befahl ihr, sich hinzulegen. Sammie schüttelte sich, Wassertropfen spritzten in die Glut und verdampften zischend, dann drehte sie sich zweimal um sich selbst und streckte sich aus. Der Förster setzte sich zu ihr.

»Und«, sagte Krailinger, »was bringt dich hierher, mitten in der Nacht?«

»War zu gefährlich bei dem Wetter im Hochsitz.«

Hochsitz? Nic zog seine Brauen zusammen. Der Förster hatte Luzie gesucht. Deswegen hatte Naomi überhaupt erst angerufen und seinen Vater gebeten, die vier vom Berg zu holen! Er musste also vermutet haben, dass Luzie, Mascha, Basti und Valentin hier in der Hütte lagen. Und trotzdem war er mit einem Gewehr im Anschlag einmarschiert. Wollte er Valentin und Basti Respekt einflößen, damit sie ihre Finger von Luzie ließen? Der war doch nicht ganz dicht!

»Geh, red doch nicht!« Krailinger war mal wieder in seinem Element. »Du hast die Luzie gesucht.«

»Warum sollte ich?«

»Ich bin doch nicht blöd. Nic platzt hier rein, auf der Suche nach dem Basti und seinen Freunden, sprich Luzie, Valentin und dem Tausend-und-eine-Nacht-Mädchen. Und dann kommst du … Hat sich nicht viel geändert bei dir in den letzten dreißig Jahren. Bist noch der gleiche Spanner wie früher.« Krailinger griff nach seinem Gewehr und streichelte liebevoll den Lauf. »Gönnst deinem Töchterchen keinen Spaß, weiß doch jeder.«

»Halt's Maul, Krailinger«, knurrte der Förster.

Nic setzte sich neben ihn. Er presste seine Hände auf die Oberschenkel, um das nervöse Zittern seiner Beine zu stoppen. Er musste einen von beiden in eine unverfängliche Unterhaltung verwickeln, um den Förster vor Krailingers spitzer Zunge zu schützen, bevor er in die Luft ging. Hoffentlich hielt Krailinger jetzt seine Klappe. Spürte der nicht, wie nah der Förster am Anschlag war?

»Die vier sind sicher runter vom Berg«, sagte er zum Förster gewandt. »Luzie liegt wahrscheinlich längst in ihrem Bett und schläft. Und das sollten wir jetzt auch tun.« Nic warf Krailinger einen warnenden Blick zu. »Ohne Streit. Geht das?«

»Streit?« Krailinger lachte. »Ich sag nur die Wahrheit. Traut sich ja sonst keiner. Haben doch alle Angst vor dem Psycho.«

Nic schnitt eine Grimasse, um Krailinger zu signalisieren, dass er sich »ohne Streit« so nicht vorstellte. Der Typ hatte das Einfühlungsvermögen einer Beutelratte. Wie hatte er es je zum Bürgermeister gebracht?

»Bleibst du hier?« Nic wandte sich wieder an den Förster.

»Was dagegen?« Der Förster legte ein Holzscheit auf die Glut.

Na super. Nic seufzte.

»Hättest du mal der Luzie den Basti nicht so madig gemacht.« Krailinger legte sein Gewehr quer über seine Oberschenkel.

Nic versteifte. Dieser Idiot! Was sprach er den Förster jetzt auch noch auf Basti an? »Krailinger, es reicht.«

Krailinger pfiff anerkennend in Nics Richtung. »Hört, hört, erwacht da der brüderliche Beschützerinstinkt? Keine Angst, dem da«, Krailinger deutete auf den Förster, »dem geht's nicht um den Basti. Der echte Dorn im Auge ist der Valentin. Nicht wahr, Jägersmann?«

Valentin? Nic sah erstaunt zu Krailinger.

»Hör nicht auf ihn«, knurrte der Förster. Nic spürte, wie viel Beherrschung es ihn kostete, sich nicht auf Krailinger zu stürzen. »Der ist doch besoffen.«

»Ich bin nüchtern wie die Heilige Jungfrau«, trällerte Krailinger und kicherte im gleichen Moment über den unpassenden Vergleich. Vielleicht war er wirklich angetrunken.

»Frag ihn doch mal, warum er so ein Fass aufgemacht hat wegen dem Ferienhaus vom Becker.« Er erhob sich. Er war nicht so groß wie der Förster, aber massiger, und er war es gewohnt, sich in Szene zu setzen. »Na, Jägersmann, sag jetzt ja nicht wegen dem Biotop. Das hat dir noch nie jemand abgenommen. Nicht mal die Kuh vom Landratsamt.«

Die Faust des Försters krachte auf die wacklige Holzbank. »Halt jetzt endlich dein blödes Maul.«

Nic zuckte zusammen. In was für ein verfluchtes Pulverfass war er da nur hineingeraten?

»War das eine Drohung?« Krailinger machte einen Schritt auf den Förster zu. »Hältst du uns alle für so blöd? Jeder im Dorf weiß, warum du nicht willst, dass die hier bauen.«

Jetzt sprang auch der Förster auf. Alarmiert erhob sich Sammie und verfolgte aufmerksam jede seiner Bewegungen.

»Ach? Ist das so? Du meinst, jeder im Dorf, den du und dein Busenfreund, der Schranner, so geimpft habt. Das ist doch eure Taktik, schon immer gewesen. Die Leute, die zu viel über eure Machenschaften wissen, verleumdet ihr.« Das Gesicht des Försters war vor Wut verzerrt. Nics Augen flirrten zwischen den Streithähnen hin und her. Er wagte nicht, sich zu rühren. Zum Glück hatte der Förster sein Gewehr weder im Anschlag, noch war es entsichert, und zum Glück hatte Krailinger, so bescheuert er sich auch gerade aufführte, seine Waffe in der Hand. Worauf immer der Förster anspielte, er musste eine unfassbare Wut auf Krailinger *und* seinen Vater haben.

»Machenschaften?« Krailinger lachte höhnisch und tippte provokant mit einem Finger auf den Lauf seines Gewehres. »Als da wären?«

»Du weißt genau, wovon ich rede!«, presste der Förster hervor. »Wo kam dein Geld denn her? Und das vom Schranner?« Sein Blick flitzte zu Nic und wieder zu Krailinger zurück. Nic runzelte die Stirn. Welches Geld sollte sein Vater gehabt haben?

»Ich weiß genau, was damals gelaufen ist«, fuhr der Förster fort, »und ich schwör dir, ich ruh nicht, bis ich's beweisen kann.«

Krailinger schüttelte mitleidig den Kopf. »Gar nichts kannst du, weil's nichts zu beweisen gibt. Ist doch alles nur in deinem Kopf. Du bist doch total von der Rolle. Und ich sag dir, warum: Du hast nicht nur Angst, dass der Valentin deinem Töchterchen den Kopf verdreht, du hast vor allem Angst, dass deine Frau sich wieder in seinen Vater verguckt.« Seine Lippen verzogen sich zu einem fiesen Grinsen. »Hätte ich auch an deiner Stelle …«

»Ich bring dich um, du Hund!« Der Förster ballte seine Fäuste und hob sie wie zu einem Boxkampf, als Nic aufsprang und zwischen Krailinger und den Förster hechtete. »Es reicht!«, brüllte er. »Es reicht, verdammt!«

1. August

15

Autsch. Mascha streckte sich, wechselte die Position, doch der Schmerz im Rücken blieb. Hatte sie sich gestern bei ihrem Sturz verletzt oder war das die Quittung für eine Nacht auf dem harten Boden? Sie schälte sich aus ihrem Schlafsack und verharrte einen Moment gekrümmt an ihrem Platz. Die Wände, das Feuer, Valentin, alles verschwamm vor ihren Augen. Sie kniff sie zusammen, öffnete sie wieder und fokussierte ihren Blick auf Valentin, bis er sich nicht mehr in zwei und mehr Personen teilte. Er saß am Feuer, den Kopf in den Händen vergraben, doch im Gegensatz zu gestern Nacht warf das Feuer keine gespenstischen Schatten an die jetzt vom Tageslicht grau gefärbte Wand.

Sie hatten also Ernst gemacht und die ganze Nacht abwechselnd Wache gehalten, damit das Anti-Bären-Feuer nicht erlosch.

Wie gut, dass Luzie und sie davon ausgespart worden waren. Invalidenbonus, wie Basti es genannt hatte. Sie griff an ihren Kopf, rieb über die Schläfe, über die Stirn. Es fühlte sich an, als wäre dahinter nur noch Matsche.

Mascha-Matsche.

Am besten dachte sie erst gar nicht darüber nach, wie viele Millionen Gehirnzellen ihre Minikletteraktion sie gestern gekostet hatte. Dabei konnte sie sich nicht einmal daran erinnern. Als hätte jemand die Löschtaste gedrückt.

Löschtaste. Schade, dass sie die nicht bei Basti und Luzie drücken konnte. Wenn die beiden sich nicht daran erinnern könnten, dass sie ihre Väter gestern Nacht mehr oder weniger als üble Bösewichte hingestellt hatte, würden sie noch mit ihr reden. *Das hast du echt toll hinbekommen, Mascha Lindemann. Wie kann man nur so bescheuert sein? Du hättest dir doch denken können, dass sie sauer reagieren.*

Sie seufzte. Irgendwie musste sie das wieder geradebiegen. Vielleicht konnte sie auf Unzurechnungsfähigkeit plädieren. *Spannungsschaden in der Großhirnrinde.*

Verstohlen beäugte sie Basti und Luzie. Beide schliefen noch. Luzie eingerollt wie ein Baby, selbst vom Kopf schaute nur der Haaransatz aus dem bis oben geschlossenen Schlafsack hervor, Basti dagegen hatte seinen Schlafsack gar nicht erst zugemacht, ein Bein hing heraus, als könnte er es nicht erwarten, seinen Entschluss in die Tat umzusetzen, beim ersten Sonnenlicht den Rückweg anzutreten. Tränen drückten ihre Nase hinauf.

Und Mama? Wer sucht dann nach ihr?

Sie zwinkerte die Tränen zurück. Was für ein Albtraum. Konnte sie nicht einfach in Berlin erwachen, ins Zimmer ihrer Mutter schlurfen, sie wecken und mit ihr Kaffee trinken? Schwarz natürlich, weil sie wieder mal vergessen hatten, Sojamilch zu besorgen.

Da winkte Valentin sie zu sich. Sie stand auf und schlich leise zu ihm. In ihrem Kopf schwappte bei jedem Schritt ein übervoller Wassereimer gegen die Stirn.

»Guten Morgen.« Er gähnte sie an. »Ich hab gestern noch mit Basti gesprochen. Er war zwar ziemlich stinkig, aber er versteht jetzt, wie du auf den Verdacht gekommen bist. Er will dir beweisen, dass sein Vater nichts mit der ganzen Sache zu tun hat.«

»Und Luzie?«

»Weiß ich nicht. Mit ihr habe ich noch nicht geredet. Gib mir nachher ein paar Minuten allein mit ihr, dann schau ich, was ich machen kann. Am besten, du verwickelst Basti in ein Gespräch.«

»Danke.« Sie lächelte ihn zaghaft an. »Du bist ziemlich cool, weißt du das?«

»Ich?« Valentin zeigte auf sich selbst. »Cool? Genau. Ich bin so cool, dass das Feuer gleich ausgeht.«

»Ich hol Holz.« Mascha tappte los.

Der Holzstapel war fast zur Neige gegangen. Gut, dass die Nacht vorbei war. Sie bückte sich und klaubte ein paar dickere Äste auf. Sie hielt in der gebückten Haltung inne, beugte sich etwas tiefer. Was schimmerte da durch den geschrumpften Reisighaufen?

Neugierig schob sie die Zweige zur Seite und griff nach dem roten Einband. Ein Notizbuch. Ihre Mutter hatte auch so eines! Sie hob es auf. Es war, als brannte das Leder in ihrer Hand. Ihre Kehle war staubtrocken, ihr Magen rebellierte. Die gleiche Farbe, das gleiche glatte Leder. Sie musste es nur öffnen, dann wusste sie, ob ihre Mutter hier gewesen war. Warum bloß hatte sie solch panische Angst davor?

16

Die Aufregung in den Stimmen war das Erste, was Luzie wahrnahm. Sie setzte sich auf. Stöhnte. Welcher Lastwagen war heute Nacht nur über sie gefahren? Sie blinzelte. Mascha und Valentin standen am Holzstapel, Mascha hielt etwas Rotes in der Hand und gestikulierte.

Was wollte sie nun schon wieder? Langsam reichte es. Egal, was sie ausheckte, es würde ohnehin nur wieder in einer Katastrophe enden. Gäbe es eine Maßeinheit für Katastrophen, sie hieße *Mascha*.

Überhaupt, ihren Vater zu verdächtigen – das war das Allerletzte. Was bitte sollte der gegen Mascha und ihre Mutter haben? Und dann auch noch *gemeinsam* mit dem Schranner! Absurder ging es nicht.

Sie drehte sich zur Seite, doch die neue Position war genauso unbequem wie die alte. Vorsichtig rotierte sie ihren verletzten Fuß. Wenigstens hatte der Schmerz nachgelassen.

Beim Holzstapel diskutierten Mascha und Valentin noch immer. Versuchte sie etwa, ihn dazu zu überreden, mit ihr allein weiterzugehen? Basti hatte die Suchaktion klipp und klar für beendet erklärt. Und er hatte absolut recht.

Maschas Mutter hatte sich selbst in Gefahr gebracht. Und wenn sie so dämlich war, allein auf eine Tour aufzubrechen, die man nur mit einem Bergführer gehen sollte, war das ihr persönliches Vergnügen.

Da winkte Valentin sie zu sich.

Und so hektisch, wie er winkte, hatte er sich tatsächlich von Mascha einlullen lassen, die Suche nach ihrer Mutter doch nicht abzubrechen.

Ohne sie. Die Sache war durch. Sobald Basti aufwachte, würden sie aufbrechen – und zwar nach Hause.

Und wenn Mascha und Valentin etwas von ihr wollten, konnten sie gefälligst zu ihr kommen.

Als hätten sie ihre Gedanken gelesen, eilten sie zu ihr, Mascha noch immer das rote Ding in der Hand. Sie wirkte völlig aufgelöst, Tränen rannen ihre Wangen hinunter, ihre Lippen zitterten.

Was war nun wieder los?

»Luzie!« rief Valentin aufgeregt. »Wir haben das Notizbuch von Maschas Mutter gefunden!«

»Ist das schlimm?« Sie runzelte die Stirn. Wozu die Aufregung? Jetzt wussten sie wenigstens, dass sie auf der richtigen Spur waren.

»Luzie!«, wiederholte Valentin ihren Namen so eindringlich, als müsste er sie wachrütteln. »Maschas Mutter ist hier gewesen!«

»Das ist doch super!«, sagte sie. »Dann haben wir jetzt den Beweis, dass sie in den Bergen herumirrt, und können die Bergwacht einschalten. War das nicht unser Ziel? Ihre Spur zu finden?«

Valentin beugte sich zu ihr und brachte seinen Mund an ihr Ohr: »Basti und du habt darauf bestanden, das Feuer brennen zu lassen, wegen der Bären. Ihre Mutter war in der Höhle. Ohne Feuer. Und jetzt ist sie weg. Verstehst du?«

Sie verstand. Sie dachten, Maschas Mutter wäre von den Bären überrascht worden.

Sie stand auf. *Au.* Zu viel Belastung vertrug der Fuß noch nicht. Er pochte, jedoch wesentlich weniger als gestern Abend.

Schon schlang Valentin seinen Arm um ihre Hüfte. »Ich stütze dich.«

Am Holzstapel zeigte Mascha auf eine Stelle am Boden.

»Habt ihr dort das Notizbuch gefunden?«

»Ja«, sagte Valentin.

Luzie betrachtete die Wände, suchte den Boden ab. Dann schüttelte sie den Kopf. »Wenn deine Mutter das Notizbuch dort verloren hätte, weil sie Hals über Kopf geflohen wäre, wüssten wir das.«

Mascha schniefte und wischte sich mit dem Ärmel über das Gesicht. »W…wie?«

»Wir würden Spuren sehen. Um das Notizbuch hier zu verlieren, hätte sie gegen den Holzstapel rempeln müssen. Äste wären am Boden verstreut, etwas wäre aus ihrem Rucksack gefallen oder, noch wahrscheinlicher, sie hätte ihn zurückgelassen, um schneller aus der Gefahrenzone zu entwischen. Die Bären hätten sich über ihn hergemacht und der Inhalt wäre über die Höhle verteilt.«

»Aber wo ist sie hin?«, fragte Mascha.

Sie zuckte die Schultern. Woher sollte sie das wissen? Maschas Mutter konnte verletzt sein. Sie konnte allein im Wald umherirren, das Unwetter konnte sie überrascht und ausgekühlt haben, sie konnte sogar von einem Blitz getroffen worden sein. Alles denkbar und wenn sie wie Mascha Katastrophen anzog, sogar wahrscheinlich.

Ihre Wut versickerte. »Ich weiß nicht, wo deine Mutter ist, aber sie ist hier mit Sicherheit nicht von den Bären überrascht worden.«

»Danke«, sagte Mascha leise.

Danke? Wofür? In der Höhle das Fehlen von jeglichen Kampfspuren festzustellen, hätten Mascha und Valentin auch selbst geschafft. Oder hatte sie sich gerade dafür bedankt, dass sie überhaupt mit ihr sprach?

Sie sollten die Gegend um die Höhle absuchen. Falls die Spuren von Maschas Mutter nicht vom Regen weggespült worden waren. Wenn erst ein Team der Bergwacht alles zusammengetrampelt hatte, würde man nicht einmal mehr den Fußabdruck eines Yetis finden. Sie seufzte. Blieb ihr etwas anderes übrig, als genau das zu tun, was sie Mascha versprochen hatte?

»Lasst uns draußen nach Spuren suchen.«

Vor der Höhle bedeutete sie Mascha und Valentin, stehen zu bleiben. Je mehr Menschen hier herumliefen, desto schwieriger wurde es, überhaupt noch etwas zu entdecken. Sie konzentrierte sich auf den matschigen Erdboden.

Spuren gab es genügend, aber sie stammten eindeutig von ihnen. Die tiefen Abdrücke, die Basti mit Mascha im Schlepptau hinterlassen hatte, die Abdrücke von ihr selbst und Valentin, so nah beieinander, wie sie nur Menschen hinterließen, die sich gegenseitig beim Gehen umklammerten. Sie hob einen dicken, vom Regen noch feuchten Stock auf und stützte sich beim Gehen darauf. Damit wanderte sie ein Stück von der Höhle weg, stoppte immer wieder und erfasste jede Unregelmäßigkeit. Ein abgeknickter Zweig, ein zertrampelter Farn, ein heruntergerissener Ast. Endlich fand sie, wonach sie suchte. Die Zweige waren ramponiert und es konnten keine Tiere gewesen sein. Jemand hatte sich daran festgehalten, um nicht nach unten abzurutschen, und dabei alle Blätter von dem Zweig gerupft. Sie folgte der Spur. Jemand hatte sich vor Kurzem den Berg hochgekämpft.

Zeit, die Bergwacht einzuschalten.

Zurück in der Höhle stupste Luzie Basti mit ihrem Fuß an. *So eine Schnarchnase.* Da schnellte seine Hand vor und griff nach ihrem Bein.

»Au!«, schrie sie auf. Sie setzte sich neben ihn und massierte den Knöchel. »Das war mein kaputter Fuß!«

»Sorry.« Er rollte zur Seite und stützte sich auf seinem Ellenbogen ab. Sein Blick wanderte zu Valentin und Mascha, die am Feuer zusammen in dem Notizbuch blätterten. »Was treibt die Stadtfraktion?«

»Sie haben das Notizbuch von Maschas Mutter gefunden.«

»Was?« Er sprang vom Schlafsack hoch. »Wo?«

»Unter dem Reisigstapel.« Musste sie seine Aufregung verstehen? Es gab sicher eine logische Erklärung, wie dieses Notizbuch dort gelandet war. Zum Beispiel konnte Maschas Mutter versucht haben, ein Feuer anzuzünden, und es war ihr herausgefallen, als sie sich nach dem Reisig gebückt hatte. »Draußen gibt es Spuren. Vielleicht von ihr.«

Basti zog sie hoch und schleppte sie mit zu den anderen. »Zefix. Du weißt, was das bedeutet, nicht?«

Luzie hob fragend die Brauen. »Dass sie sich verlaufen hat?«

»Dass wir keine Ahnung haben, wohin sie überhaupt unterwegs war!«, raunte er ihr zu. »Wir sind davon ausgegangen, dass sie über den Forstweg hoch ist und dann in der Notunterkunft übernachten wollte. Aber wie kommt sie vom Forstweg aus hierher?«

Sie nickte nachdenklich. Daran hatte sie noch nicht gedacht. Vom Fehlingerlift konnte man sich schon mal hierher verirren – aber vom Forstweg aus, wenn man den Schmugglerpfad hochwollte? Das war der entgegengesetzte Weg.

»Es fehlen Seiten«, sagte Mascha und hielt ihnen das aufgeschlagene Büchlein hin. Es mussten mindestens zehn Seiten herausgerissen worden sein. »Alles, was sie seit unserer Ankunft reingeschrieben hat, ist weg. Sogar mehr, der letzte Eintrag ist über eine Woche alt.«

Basti nahm ihr das Büchlein aus der Hand und blätterte es durch. Dann gab er es ihr zurück, in seinem Blick lag plötzlich Misstrauen. »Sag mal, was macht deine Mutter eigentlich? Warum rennt sie im Urlaub mit einem Notizbuch rum und schreibt da Sachen rein?«

»Sie …« Mascha versenkte ihren Blick in dem Büchlein. Luzie zog ihre Nase kraus. Da holte Mascha tief Luft und bedachte alle drei mit einem Ausdruck, als sei eine Bombe in ihrem Rucksack versteckt. »Sie ist Journalistin.«

Das war eine Bombe.

»Ein Pressefuzzi?«, rief Valentin.

»Wir machen hier Urlaub.«

Luzie schnitt eine Grimasse. Sie glaubte doch nicht im Ernst, dass sie ihr das abnahmen. Allein das Notizbuch mit den herausgerissenen Notizen, die ihre Mutter – wohlgemerkt – seit ihrer Ankunft in dem sogenannten Urlaub verfasst hatte!

»Urlaub?« Dem Ton nach war Valentin ebenso wenig von Maschas Erklärung überzeugt wie sie selbst. »Wer soll das denn glauben? Seltsames Timing, kaum wird eine Babyleiche ausgebuddelt, schon macht deine Mutter hier Urlaub. Und ihre Tochter freundet sich gaaanz zufällig mit dem an, der die Leiche gefunden hat. Solltest du uns ausspionieren?«

»Ich wusste nicht mal, wer du warst, als du mich mit deinem Rad fast umgefahren hast. Schon vergessen?« Maschas Augen füllten sich mit Tränen. Luzie senkte ihren Blick. Das stimmte. Sie hatten sich bei Valentins Radunfall kennengelernt. Das konnte Mascha überhaupt nicht eingefädelt haben.

»Du hast gleich von Anfang an so auf die Presse geschimpft«, fuhr Mascha fort, »wie hätte ich dir denn sagen sollen, dass meine Mutter auch zu dem ›Pack‹ gehört? Ich wusste doch nicht, was alles auf uns zukommt! Und dann … dann war es zu spät. Mir war klar, dass du genau so reagieren würdest.«

»Wundert dich das etwa?«, schnauzte Valentin sie an. »Wir reißen uns den Arsch für dich auf und du lügst uns an.«

»Ich habe nicht gelogen«, sagte Mascha tonlos. Tränen rannen über ihr Gesicht. Sie wischte sie energisch weg, als wollte sie auf keinen Fall, dass man sie ihr als Schwäche auslegte. »Ich habe euch nur nicht gesagt, was meine Mutter beruflich macht, und ihr habt mich nicht gefragt. Ich bin nicht von der Presse und von mir hat meine Mutter auch nie etwas erfahren.«

Valentin schnaufte wie eine Dampflok. Dann drehte er sich um und rannte aus der Höhle.

Basti setzte ihm nach, doch Luzie stoppte ihn. Wenn Valentin jetzt noch auf jemanden hören würde, dann auf sie.

Vor der Höhle fand sie ihn auf einem hüfthohen Felsblock. Den Blick ins Leere gerichtet, schnipste er winzige Kiesel vom Stein. Sie stellte sich vor ihn.

»He.«

Er sah kurz auf und widmete sich dann wieder den Kieselchen.

»Du weißt, dass sie recht hat, nicht wahr?«, sagte sie. Kieselchen spritzten vom Fels.

»Ich hätte es wahrscheinlich auch verschwiegen«, fuhr sie fort, »und eigentlich ist es nicht wichtig. Maschas Mutter hat dich nie belästigt. Sonst hättest du gewusst, dass sie von der Presse ist. Und Mascha hat dich nie ausgequetscht. Warum ist das also so ein Problem?«

Seine Finger wischten über das verwaschene Grau des Felsblocks. Sie startete einen neuen Versuch.

»Es geht gar nicht um Mascha, nicht wahr?«

Seine Finger verharrten auf dem Stein, als warteten auch sie darauf, was Luzie als Nächstes zu sagen hatte.

»Es geht um deine Schwester. Du gibst dir die Schuld und weil du sie nicht allein tragen willst, nährst du diesen Hass auf die Presse. Aber die haben Alexandra nicht getötet. Es war ein tragischer Unfall.«

Endlich hob er seinen Blick. Seine Augen schwammen in Tränen, doch er machte keine Anstalten, sie wegzuwischen.

»Wenn sie gelacht hat, hatte sie auch Grübchen. Wie du.« Seine Stimme war gedämpft. Er sprang von dem Felsen. »Möchtest du ein Foto sehen?«

»Gern.«

Valentin reichte ihr sein Handy.

Das Mädchen auf dem Display war etwa elf oder zwölf Jahre alt. Sie lachte und hatte dabei etwas Verschmitztes an sich, das Luzie sofort für sie einnahm. Wie schwer es für Valentin und seine Eltern sein musste, mit ihrem Tod zu leben. Eigentlich hatte Alex keinerlei Ähnlichkeit mit ihr, die Augen waren nicht grün, sondern blau und die Haare nicht braun, sondern dunkelblond. Doch sie hatte wirklich die gleichen Grübchen, wenn sie lächelte.

Er trat auf sie zu. Sein Gesicht war ernst. Er hob seine Hände und strich ihre Haare aus der Stirn. »Ich liebe dich, Luzie. Natürlich nicht, weil du die gleichen Grübchen hast wie Alex. Ich liebe dich, weil du so bist, wie du bist. Ich liebe dich, weil du jeden Unsinn mitmachst und weil du über deinen eigenen Schatten springen kannst. Gestern warst du so sauer auf Mascha und heute verteidigst du sie. Du weißt gar nicht, wie besonders du bist. Und ich wünsche mir so sehr, mit dir zusammen zu sein.«

Luzie stand still. Ihr Verstand stand still. Nicht einmal ihr Instinkt sagte ihr, was sie nun tun sollte.

Plötzlich lagen seine Lippen auf ihren. Warm. Zart. Es war falsch, aber es fühlte sich nicht falsch an. Sie fühlte ihre Arme, die hilflos herabhingen und kein Signal bekamen, ob sie ihn umarmen oder ihn wegstoßen sollten. Sie spürte sein Verlangen, seinen Wunsch und seine Hoffnung, dass sie seinen Kuss erwidern würde.

»Luzie?«

Sie riss sich los.

Zu spät.

Basti stand im Höhleneingang. Der Mund offen, als steckte ihr Name noch in seiner Kehle, die Augen ungläubig, als sähe er eine Fata Morgana.

7. August – 20:15 Uhr

17

Nic spürt den tröstenden Druck von Bastis Fingern an seiner Schulter. Das stumme *Chill mal, Bruder.*

Wann haben sie ihre Rollen getauscht? Als er Mascha verloren hat?

Mann! Reiß dich endlich am Riemen! Du bist der große Bruder, benimm dich auch so!

Basti leidet genauso unter seinem Verrat an Luzie. Er müsste ihm Hoffnung machen, anstatt all seine Ideen niederzutrampeln, egal wie verrückt sie auch sein mögen.

Sich allein darauf zu verlassen, dass sie gefunden werden, bevor ihnen die Atemluft ausgeht, bringt genauso wenig, wie sich die Fingernägel wegzugraben. Wenn sie graben, verbringen sie ihre letzten Stunden zumindest in der Hoffnung, ihr Schicksal noch einmal herumreißen zu können.

Der Druck von Bastis Hand lässt nach, dann ist sie plötzlich weg und damit der Anker, der ihm für einen kleinen Moment Hoffnung gespendet hat. Er befühlt die Stelle, an der Basti ihn berührt hat. Der Stoff des T-Shirts ist noch warm, als hätte es sich vollgesogen mit Bastis unerschöpflicher Energie.

Schabende Schritte, Bastis Schulter streift seine, dann entfernen sich die Schritte.

Nic dreht sich in die Richtung der Schritte und räuspert sich.

»Also, wie sieht der Masterplan aus? Womit graben wir? Ich kann eine Gürtelschnalle anbieten.«

»Ich meine Uhr.« Dem Toc-Toc nach klopft Valentin mit dem Fingernagel auf das Uhrenglas. »Mal sehen, ob sie ihr Geld wert ist.«

Ein Klick. »Und ich mein Taschenmesser.«

»Na dann«, Nic zieht seinen Gürtel durch die Schlaufen, »mit der Ausrüstung hätte der Graf von Monte Christo nur halb so lang gebraucht.«

1. August

18

Basti stürmte in die Höhle zurück. Luzie und Valentin? Was immer die Ausrede sein mochte, das war unentschuldbar.

Wie konnte sie ihn küssen?

Küssen!

Er trat gegen die Steine der Feuerstelle, kickte sie ins Feuer, bis es erstickte. Rauch stieg in seine Nase und brachte ihn zum Husten.

»Alles klar?« Mascha rollte den Stofffetzen zusammen, der vor ihrer Rutschpartie gestern noch sein Schlafsack gewesen war. *Schlafsack im Arsch, Beziehung im Arsch, Freundschaft im Arsch, gibt es etwas, was gerade nicht in den Arsch geht?*

»Ist was passiert?«, fragte Mascha.

Er winkte ab und löschte die Glut, hustete. Scheißrauch. Wütend kickte er den nächsten Stein, traf ihn mit dem großen Zeh und unterdrückte einen Schmerzensschrei. *Verdammt noch mal!*

»Basti.« Luzie stand vor ihm. »Das … Es war nicht, nach –«

»… nach was es aussah? Haha!« Aus den Augenwinkeln registrierte er, wie Mascha interessiert den Kopf hob, aber es war ihm egal. Sollte sie doch mitbekommen, was er Luzie zu sagen hatte. Es war sowieso vorbei. »Ich dachte, du stehst nicht auf platte Sprüche? Der ist so platt, dagegen hat 'ne Briefmarke eine Wampe. Ihr habt euch geküsst und ich hab euch dabei erwischt. Bringt es das auf den Punkt?«

»Er hat *mich* geküsst.« Luzie griff nach seinem Arm. »Das ist ein großer Unterschied.«

Unwirsch riss er sich los. »Ha! Soll das eine Entschuldigung sein?«

»Nein, eine Erklärung.« Sie griff erneut nach seinem Arm. »*Du* hast ihm gestern gesagt, dass es dich nicht stört, wenn er es bei mir probiert. Was kann Valentin dafür, wenn du so ein Feigling bist?«

Feigling? Er riss sich erneut los. Er musste hier raus. Weg von Luzie und Valentin. Weg, bevor er platzte. Es war so stickig hier, er bekam kaum mehr Luft. *Luft. Keine Luft.*

Da hielt Mascha ihm eine Papiertüte hin. »Atme da rein. Du hyperventilierst.«

Er nahm die Tüte.

Atmete.

Spürte, wie seine Lunge sich wieder mit Sauerstoff füllte und er ruhiger wurde.

»Ich will mich nicht einmischen«, sagte Mascha und tat dabei genau das, »aber es ist tatsächlich ein Unterschied, ob *er* sie küsst oder *sie* sich küssen. Rein logisch betrachtet.«

Basti nahm die Tüte vom Mund. Vielleicht war es das. Ein logischer Unterschied. Aber für ihn machte es keinen Unterschied. Denn er würde sich erst gar nicht küssen lassen, und er hatte wirklich genug Möglichkeiten. *Ha!* Als ob Luzie sich davon beeindrucken lassen würde, wenn sie ihn erwischt hätte. Sie war doch schon eifersüchtig, wenn er nach einem Kurs mit einem Mädchen auch nur sprach! Aber er, er sollte den beiden kommentarlos beim Knutschen zusehen?

»Machst du jetzt einen auf beleidigt?« Luzies Arme waren vor ihrer Brust verschränkt. Wie schaffte sie es nur, ihn so vorwurfsvoll anzusehen, nachdem er sie gerade beim Fremdküssen erwischt hatte!

»Das ist so ... so typisch du!«, fuhr sie fort. »Es ist passiert, es tut mir leid, vielleicht hätte ich es verhindern können, aber du trägst auch deine Schuld daran. Wenn du zu mir stehen würdest, hätte Valentin erst gar nicht –«

»Vergiss es«, explodierte er. Jetzt die Schuld auf ihn abzuwälzen, war ja wohl das Allerletzte! »Das mit uns ist aus und vorbei. Du kannst dich ja von Valentin trösten lassen.«

»Was?«

Ihr Mund war offen, die Augen groß.

Er schluckte. Er hatte gerade Schluss gemacht. Mit dem Mädchen, wegen dem er am laufenden Band seinen Vater anlog; dem Mädchen, das er zu sehr liebte, um es mehr als zwei Tage nicht zu sehen.

»Du bist so ein Arsch!« Sie drehte sich um und hinkte zu ihrem Rucksack. »Echt ein Arsch!«

Gut. Dann war er das eben. Damit konnte er leben. Deutlich besser, als mit einer Freundin, der er nicht über den Weg trauen konnte. Er brachte die Tüte wieder an seinen Mund. Was war nur mit seiner Atmung los? Er hatte noch nie hyperventiliert, jetzt hörte es gar nicht mehr auf. *Ein. Aus. Atmen.*

Plötzlich stand Valentin vor ihm. War er nun sein Freund oder sein Rivale? Ihm durfte er den Kuss nicht einmal übel nehmen. Er hatte ihn gefragt. Und die falsche Antwort bekommen. Trotzdem war er so wütend auf ihn, dass es in seinem Bauch rumorte. Valentin und Luzie ... Nein! Niemals! Nicht, wenn er es verhindern konnte.

»Warum das Theater?«, fragte Valentin und in jeder Silbe klang sein Unverständnis mit. »Wenn ihr ein Paar seid, warum die Geheimniskrämerei? Hättest du mir das gestern nicht sagen können? Bevor ich mich zum Affen mache?«

»Nein, konnte er nicht. Weil er befürchtet hat, du würdest unseren Vätern was stecken.« Luzie hatte ihren Rucksack geschultert, ihre Stimme war eisig, doch er kannte sie viel zu gut, um nicht das leichte Zittern darin zu hören. Sie kämpfte genauso um ihre Beherrschung wie Valentin und er selbst. »Ich geh heim. Mir reicht's.«

»Wegen eurer *Väter?*« Valentins Blick wanderte ungläubig von Luzie zu Basti.

»Wegen eurer Väter?«, wiederholte Mascha mindestens genauso ungläubig. Natürlich. Für einen Valentin und eine Mascha aus Berlin klang das vollkommen unglaubwürdig. Sie lebten nun mal nicht in Finstermoos. Er allerdings schon. Und Luzie ebenfalls.

Er nahm die Tüte herunter. »Das versteht ihr nicht.«

»Nein?«, fragte Mascha. »Ich weiß nur, dass ich gerade der Buhmann war, weil ich euch den Beruf meiner Mutter verschwiegen habe. Ich mag voreingenommen sein, aber im Vergleich zu dem, was ihr Valentin vorgemacht habt, finde ich das mit meiner Mutter ziemlich banal.«

Er knirschte mit den Zähnen. Sie hatte den Nagel auf den Kopf getroffen. Sie hätte auch sagen können: Was bist du eigentlich für ein feiger Idiot …

Nein, er war kein Idiot und kein Feigling, er hatte einen Grund gehabt, so zu handeln. Trotzdem durfte er nicht zulassen, dass Luzie sich mit Valentin tröstete. Auch wenn er seinem Vater geschworen hatte, das Geheimnis nie und unter keinen Umständen jemandem zu verraten.

»Mich müsst ihr nicht so anschauen«, sagte Luzie zu Mascha und Valentin und blitzte ihn dabei wütend an. »Ich wollte euch einweihen. Er hat es mir verboten.«

»Verboten? Soll das ein Witz sein?« Valentin starrte ihn mit offenem Mund an und obwohl Basti wusste, dass es falsch war, konnte er sich nicht mehr zurückhalten. »Du und Luzie, das ist ein No-Go, kapierst du? Schmink es dir ab. Ihr werdet nie zusammen sein können.«

19

»Wow.« Blitzschnell schob Mascha sich zwischen Valentin und Basti. »Okay, Jungs. Wir bleiben jetzt ganz ruhig, alles klar?«

Die Spannung zwischen Basti und Valentin lag wie ein Brizzeln in der Luft. Geballte Fäuste, bereit zuzuschlagen, ohne nachzudenken.

Genau das brauchten sie jetzt nicht. Sie mussten zurück, Hilfe holen für ihre Mutter, statt ihre Zeit und Kraft einem sinnlosen Balzkampf zu opfern. Eigentlich hätte sie das kommen sehen müssen.

»Ich lasse mir von Basti nicht vorschreiben, mit wem ich zusammen sein darf und mit wem nicht«, presste Valentin mit so mühsamer Beherrschung hervor, dass seine Worte kaum zu verstehen waren. »So wie er Luzie behandelt hat, verdient er nicht einmal, mit ihr im gleichen Raum zu sein.«

Mascha breitete ihre Arme aus, um den Schutzwall zwischen Basti und Valentin zu vergrößern, und konzentrierte sich auf Valentin. Er war der größere Explosionsherd. »Leute, so bringt das nichts. Basti wird Luzie nicht ohne Grund so behandeln und im Gegenzug würde Luzie sich nicht grundlos so behandeln lassen. Stimmt's, Luzie?«

Aus den Augenwinkeln suchte sie Luzies Blick.

»Jetzt nicht mehr.« Ihre Lippen waren zusammengekniffen, ihre Arme noch immer abwehrend vor der Brust verschränkt.

Mascha seufzte. Von der Seite war also keine Schützenhilfe zu erwarten. »Gut. Dann versuchen wir es so: Basti, warum sind Luzie und Valentin ein No-Go? Weil du es nicht willst?«

»Weil es«, begann Basti und brach ab. Er biss sich auf die Lippen, dann atmete er wütend aus. »Weil es einen Grund gibt, warum Luzies Vater alles tun würde, um das zu verhindern. Weil … Weil ihr vielleicht Halbgeschwister seid!«

20

Es war raus.

Und die Stille unerträglich.

Sogar Mascha hatte ihre Arme gesenkt und sich zu ihm gedreht. Ihre schwarzbraunen Augen fragten stumm, ob er die Wahrheit sagte. Dann hob sie ihre Arme wieder und drehte sich zu Valentin. Der jedoch stand nur da, seine Angriffshaltung war verpufft. Luzie hingegen humpelte zu ihnen zurück. Langsam, die Lippen zusammengekniffen, die Arme so fest vor ihrer Brust verschränkt, dass ihre Finger helle Dellen in die Oberarme quetschten.

»Du lügst.«

»Nein, das ist, was Papa und ich glauben.«

Ihre Augen verengten sich.

»Und wir glauben, dass dein Vater deshalb gegen den Bau von Valentins Haus war.«

»Und *warum* glaubt ihr das?«, fragte Valentin. »Ein Finstermoos-Gerücht?«

»Nein«, sagte Basti, »dazu haben wir es nicht kommen lassen.« Schweißtropfen liefen seinen Rücken herunter. Aus dieser Sache kam er nicht mehr raus. Er hatte keine andere Wahl, als ihnen zu zeigen, warum sein Vater und er das glaubten. Er hätte es nie, nie, nie aussprechen dürfen und egal, was er seinem Vater erzählen würde, es würde als Entschuldigung nicht reichen.

»Ich kann es euch nicht erklären.« Er hob die Hand und erstickte Luzies Protest im Keim. »Aber ich kann es euch *zeigen.*«

»Zeigen?«, fragte Luzie.

»Nicht weit von hier. Dort, wo Brigittas Glücksbringer in die Spalte gefallen ist. Erinnerst du dich?«

»Da?«, rief Luzie aus und runzelte die Stirn. »Was soll da sein?«

»Wandmalereien.« Er blies sich eine Strähne aus dem Auge. »Ihr müsst sie euch selbst ansehen.«

21

So spät?

Nic war mit einem Satz auf den Beinen. Ein Blick genügte, um sich davon zu überzeugen, dass er allein in der Notunterkunft war. Er musste geschlafen haben wie ein Stein.

Gut. Auf einen weiteren Streit zwischen Krailinger und dem Förster war er sowieso nicht scharf. Er sicherte die Feuerstelle, rückte den Stuhl des Försters an den Tisch zurück und verließ die Hütte.

Was für eine Nacht. Wäre er nicht dazwischengegangen, hätten die beiden sich volle Kanone geschlägert. Erstaunlich eigentlich, dass sie auf ihn gehört hatten und der Förster sogar auf seinen Vorschlag eingegangen war, mit Sammie eine Runde zur Beruhigung zu drehen.

Jetzt verstand er jedenfalls, warum sein Vater den Förster für so durchgeknallt hielt. Allerdings – so wie der Förster von seinem Vater und Krailinger gesprochen hatte, waren die beiden auch keine Unschuldslämmer. Bei Krailinger konnte er sich das problemlos vorstellen, aber sein Vater? Oder war der Förster einfach nur krankhaft neidisch und eifersüchtig, so wie der Krailinger gestern behauptet hatte? Im Vergleich zu Krailinger und seinem Vater hatte der Förster sich seinen Traum nicht erfüllt. Statt Künstler zu werden, hatte er in die Fußstapfen seines Vaters treten müssen. Dabei wollte er malen. Und er konnte malen. Das hatte sogar seine Oma früher immer gesagt, wenn sie von den Häuserfassaden geschwärmt hatte, die er in Finstermoos bemalt hatte. Und dass es eine Schande war, dass der alte Förster ihn nicht hatte Künstler werden lassen.

Leichtfüßig lief Nic den Weg entlang. So eine blöde Idee, nachts hochzulaufen. Wobei – der Förster war tatsächlich in der Hütte aufgetaucht. Wären Basti, Valentin, Luzie und Mascha nicht zurück nach Hause gelaufen, sondern dort gewesen, wie hätte die Situation dann ausgesehen? So krass, wie der Förster auf die Anspielung mit Luzies Mutter und Valentins Vater reagiert hatte … Der musste einen ganz schönen Groll gegen ihn hegen. Und das schon ziemlich lang.

22

Das konnte nur ein Albtraum sein. Luzie verlagerte ihr Gewicht auf den Stock und entlastete ihren schmerzenden Fuß. Erst behauptete Mascha, ihr Vater hätte es auf sie und ihre Mutter abgesehen, und jetzt verkündete Basti, ihr Vater würde vor nichts haltmachen, um Valentin von ihr fernzuhalten, weil sein Vater und ihre Mutter ein Baby zusammen hatten und sie Valentins Halbschwester sein könnte – waren die alle wahnsinnig?

Begriff Basti eigentlich, was er da gesagt hatte?

Stopp! Mach dich jetzt nicht verrückt! Das wird sich alles in spätestens einer halben Stunde geklärt haben.

Da schulterte Basti ihren Rucksack und machte ihnen ein Zeichen, dass die Verschnaufpause zu Ende war. Mascha nickte er aufmunternd zu, dann verweilte sein Blick auf ihr. Müde und matt wirkten seine sonst so hell und sorglos blau strahlenden Augen. Sie versuchte, darin zu lesen, eine Botschaft an sie zu entschlüsseln, doch schon war der Moment vorbei, Bastis Kopf wieder abgewandt. Ihr Magen kribbelte. *Er hat mir nicht verziehen.*

Sie ging los. Von hier musste es noch eine gute halbe Stunde bis zu der Stelle sein, wo Basti Brigittas Glücksbringer gerettet hatte. Hoffentlich spielte ihr Fuß so lange mit.

Basti verharrte in seinem Schritt und drehte sich um, als wollte er sichergehen, dass sie mitkam. Dann stapfte er weiter. Er sorgte sich um sie. Nicht nur, weil er die Verantwortung für die Gruppe übernommen hatte. Er liebte sie. Er musste sie noch lieben. Das mit dem »vorbei« war ihm nur in der Hitze des Moments herausgerutscht. *Ganz sicher.*

Sie brauchten nur ein paar Minuten allein, um dieses Missverständnis zu klären. Ihre Brust wurde eng. Basti musste begreifen, dass sie keine Schuld an diesem Kuss hatte. Er wusste doch, dass sie ihn liebte.

»Ist es noch weit?«, keuchte Mascha hinter ihr. Sie keuchte schon eine ganze Weile, allerdings musste Mascha im Gegensatz zu ihr ihren Rucksack selbst tragen. »Denkt daran, dass wir so schnell wie möglich die Bergwacht wegen meiner Mutter alarmieren müssen.«

»Halbe Stunde«, sagte Basti.

»Puh.« Mascha stöhnte.

Luzie blickte zurück. Bezweifelte Mascha, dass das Kunstwerk es wert war, sich noch eine halbe Stunde bergauf zu quälen?

Luzie biss die Zähne zusammen. Sie würde auch lieber umkehren und diesen Höllentrip endlich beenden, aber nicht, bevor sie mit eigenen Augen gesehen hatte, was Basti dazu brachte, solche ungeheuerlichen Dinge über ihre Eltern zu behaupten.

Luzie betrachtete den verschütteten Eingang der Felshöhle. Die Höhle musste einsturzgefährdet sein. Seltsam, dass ihr das damals nicht aufgefallen war. Solche Bruchstellen hatten Felsbrocken nur, wenn man Sprengstoff benutzte, um einen Eingang künstlich zu verschließen. Und der war allein dann zulässig, wenn die Höhle eine Gefährdung darstellte.

Sie setzte sich und öffnete ihren Wanderschuh. Erleichtert strich sie über die Schwellung, als der Druck des Schuhs nachließ. Gut, dass die Tortur bald vorbei war.

Wie aus dem Nichts stand Basti plötzlich vor ihr und reichte ihr wortlos die Creme, dann wandte er sich ab. Sie massierte sie in die Schwellung, bis er wieder in ihrem Blickfeld auftauchte. Unschlüssig stand er vor ihr, als wüsste er nicht, was er ihr sagen sollte. Offiziell hatte er Schluss gemacht. Trotzdem war er immer in ihrer Nähe, sie spürte seine verstohlenen Blicke, die Anspannung, sobald sie mit Valentin sprach, die Verlegenheit, wenn ihre Blicke sich trafen.

Er ging in die Knie und tastete den Knöchel ab, ohne sie auch nur ein einziges Mal anzusehen. »Du bleibst besser hier. Und die Stadtfraktion auch. Wir haben kein Seil und ich keinen Bock auf noch mehr Drama. Ich … äh … kletter runter und mach Fotos.«

Sie machte den Schuh zu und stemmte sich an ihrem Stock hoch. Bekam Basti gerade kalte Füße, weil das Bild da unten keineswegs so aussagekräftig war, wie er behauptet hatte? Als er das letzte Mal in die Spalte geklettert war, hatte er ihr den Eindruck vermittelt, dass der Abstieg ein Kinderspiel war.

»Kommt nicht infrage. Hilf mir lieber.« Auf Basti gestützt, stieg sie zu der Felsspalte hoch, durch die er damals in die Höhle geklettert war, und setzte sich direkt an die Öffnung. Sie spähte hinein. Nichts als Schwarz.

»Kann ich mal eine Lampe haben?«

Mascha zog Luzies Taschenlampe aus der Rucksackhalterung und setzte sich neben sie. Sie leuchtete in die Spalte. Fels. Schwarz. Grau. Es wirkte alles sehr solide. Ihr Blick wanderte über die moosbewachsenen Felsen, die das Dach der Höhle bildeten.

Solide. Woran konnte sie erkennen, ob akute Einsturzgefahr herrschte? Wenn sie Basti fragte, wäre das für ihn der ideale Vorwand, die Aktion doch noch abzublasen. So wie er eben herumgedruckst hatte, bereute er längst, sie hier hochgeschleppt zu haben.

Sie linste zu ihm. Er löste den ramponierten Schlafsack von Maschas Rucksack und schnitt ihn mit seinem Taschenmesser an mehreren Stellen ein. Danach riss er ihn in Längsstreifen, die er mithilfe der Schlafsackschnüre zu einem langen Seil verknotete. Ein Ende wickelte er um seine Körpermitte und zurrte es fest, das andere hielt er wie ein Kaufobjekt in die Runde.

»Okay, wer geht zuerst?«

»Ich.« Mascha trat vor. »Ich steh zwar nicht auf Berge, aber ich übe öfter an der Kletterwand.«

Luzie bemerkte Bastis Blick auf Maschas Schuhe. Wäre sie in einem seiner Kletterkurse, würde er sie nach Hause schicken.

»Das ist keine Kletterwand mit Griffen, an denen man sich festhalten kann.« Er schüttelte den Kopf. »Leute, nach allem, was schon passiert ist, hab ich kein gutes Gefühl, wenn ihr da runtersteigt. Ich … Gebt mir ein Handy, ich geh allein und mach Fotos.«

»Was?« Mascha starrte ihn ungläubig an. »Wir sollen jetzt einen Rückzieher machen? Nachdem ich mich hier hochgequält habe?« Sie grabschte nach dem Schlafsackseil und knotete das lose Ende um ihren Bauch. »No way. Wir ziehen das jetzt durch und dann holen wir endlich die Bergwacht für meine Mutter.«

Langsam glitt sie in die Spalte.

Basti stemmte sich in den Boden und sicherte sie. Konzentriert und den Körper angespannt, als rechnete er jeden Moment damit, Maschas volles Gewicht halten zu müssen.

Ungewollt saugte Luzies Blick sich an seinen Armen fest, an den Muskeln, die mit jeder Bewegung an einer anderen Stelle hervortraten und wieder verschwanden. Ihre Brust wurde erneut eng. Unvorstellbar, dass er sie nie wieder in den Arm nehmen würde. Es durfte nicht sein. Es konnte nicht sein und er musste genauso darüber denken.

Schau weg! Oder willst du vor ihm anfangen zu flennen? Sie wandte sich ab. Ein paar Meter weiter stand Valentin. Er war ziemlich bleich um die Nase. Ob er Angst hatte? Oder quälte ihn die Vorstellung, was sie in der Höhle zu sehen bekommen würden – immerhin ging es nicht nur um ihre Mutter, sondern auch um seinen Vater.

»Bin unten«, hallte Maschas Stimme durch die Spalte.

»Val.« Basti holte das Seil hoch und winkte ihn zu sich. »Du als Nächster. Luzie muss mir helfen.«

Stumm ging Valentin zur Spalte, verknotete das Seil und kletterte langsam in die Öffnung. Sie stellte sich neben Basti, bereit, mit anzupacken, sobald er Hilfe brauchte, doch schon ließ der Zug auf das Seil nach.

»Du bist dran.«

Mit einem Mal wurde ihr mulmig. Sie band sich das Seil um den Bauch und folgte den anderen in die Spalte. Von unten schien ein Lichtstrahl hoch, tanzte über ihre Hände, über den Fels. Sie erkannte kleine Vertiefungen und Riefen, suchte nach

Rissen und Abspaltungen. Mit der Sicherheit des Seils war die Kletterei keineswegs so gefährlich, wie Basti ihnen eingeredet hatte.

Trotzdem verwandelte sich ihr mulmiges Gefühl in Angst. Wenn ein Teil der Höhle einstürzte, würde niemand je auf die Idee kommen, hier nach ihnen zu suchen. Wenigstens einer von ihnen hätte oben bleiben sollen.

Dann war sie unten. Sie sah sich um. Außer dem Licht von Valentins und Maschas Lampen war es düster. Durch die Spalte drang kaum Tageslicht in die Höhle, gerade genug, um die Konturen der Wände zu erkennen.

Der Ort war unheimlich. Mascha und Valentin standen nur wenige Schritte von ihr entfernt an der Wand und warteten auf sie. Am liebsten wäre sie wieder hoch, raus, ans Licht, an die frische Luft.

Als Nächstes kam Basti mit der Kopflampe. Wie eine Spinne hing er am Fels und suchte nach den besten Griffen, um zu ihnen herunterzusteigen. Plötzlich wollte sie nichts als weg von hier, zur Sonne, zum Grün, zum Leben. Sie wollte nicht sehen, was Basti zu seinen unglaublichen Behauptungen verleitet hatte. Was war schon ein Bild in einer vergammelten Höhle!

»Seid ihr bereit?«, fragte Basti, kaum dass er unten angekommen war.

Erst jetzt fiel Luzie auf, dass keiner von ihnen auch nur einen Ton gesagt hatte, seit sie hier unten waren. Etwas in der Höhle schnürte ihr die Luft immer mehr ab. Nein, sie war nicht bereit, sie würde es nie sein. Sie wollte raus. Jetzt.

Sie schloss die Augen. Da spürte sie Bastis Arm um ihre Hüfte. Er führte sie ein paar Meter weiter in die Höhle und blieb stehen. Sie hielt ihre Augen geschlossen.

»Fuck.« Valentin hatte es also gesehen.

»Ist das dein Vater?«, fragte Mascha.

Luzie öffnete ihre Augen. Vor ihr die angestrahlte, bemalte Felswand.

Was zum …

Ihre Mutter, mit angstverzerrtem Gesicht, schwanger, eine Hand auf ihrem kugeligen Bauch, als müsste sie das Baby schützen, die andere ausgestreckt, als hoffte sie auf eine rettende Hand. Valentins Vater, ganz nah bei ihrer Mutter, eine Hand griff wie eine Raubtierkralle nach dem Babybauch, die andere warf Geldscheine in die Luft. Daneben eine Madonna mit Heiligenschein, lieblich auf den ersten Blick, doch sie stand auf Kinderschädeln, in ihrem Arm ein Baby, das sie liebkoste, etwas versetzt Wolferl als Totengräber vor einem Grab, auf dem unzählige Kreuze in den Himmel ragten.

Luzie hielt den Atem an. Was hatte das zu bedeuten?

Ihr war schlecht. Sie wollte das nicht mehr sehen. Und doch konnte sie ihren Blick nicht abwenden. Taub und blind für alles andere, was sich in der Höhle abspielte, ging sie näher heran, studierte die Details des makabren Gemäldes. Auf den Geldscheinen war anstelle eines Wertes ein Buchstabe aufgemalt. Ein N. N wie Naomi – der Name ihrer Mutter? Sie wanderte das Bild ab, prägte sich jedes Detail ein, erstarrte. Es war kaum erkennbar, aber das Baby im Arm der Madonna hatte eine Narbe. Sie kannte diese Narbe. Jeden Millimeter. Ein umgedrehtes Kreuz. Das Baby war Basti.

23

»Papa? Basti?« Die Haustür fiel mit einem dumpfen Wumms hinter Nic ins Schloss. Er zog die schweren Bergschuhe aus. Was für ein gutes Gefühl, die Stiefel los zu sein. Spätestens jetzt müsste sein Vater den Kopf durch die Küchentür stecken. Hatte er ihn nicht gehört?

»Hallo?«

Keine Antwort. Unruhe erfasste ihn. Wo waren sie? Schlief Basti noch? Nic öffnete die Küchentür, eine Tasse stand in der Spüle. Papa war also schon weg und Basti noch im Bett, er hätte seine Tasse wie üblich am Tisch stehen lassen. Nic lief die Treppen hoch, über den weichen Teppich zu Bastis Zimmer. Er riss die Tür auf und sprang hinein: »Aufstehen! Pennsock–«

Das Wort erstarb auf seinen Lippen. Auf Bastis Bett lagen die Sachen, die er gestern zum Raften angehabt hatte. Er hatte nicht in seinem Bett geschlafen. Das ungute Gefühl stellte sich wieder ein. Etwas hier stimmte nicht. Ganz und gar nicht. Basti wäre mit den anderen nicht weiter den Berg hochgelaufen. Nicht in der Nacht, nicht bei dem Wetter. Er mochte oft verrückte Ideen haben, aber er gefährdete nie Menschen, die ihm anvertraut waren. Das hatte sein Vater ihnen so gründlich eingetrichtert, dass es zur zweiten Natur geworden war.

Sie mussten ein Problem haben, so übel, dass sie den Plan über den Haufen geworfen hatten, den sie Luzies Mutter mitgeteilt hatten.

Oder war alles ganz anders gelaufen?

Krailinger hatte behauptet, dass Maschas Mutter Journalistin war. Konnte es sein, dass Mascha herausgefunden hatte, welcher Story ihre Mutter gefolgt war, und sie die anderen irgendwie dazu gebracht hatte, mit ihr der Spur nachzugehen? Wenn Maschas Plan nach Abenteuer geklungen hatte, war Basti mit Sicherheit der Erste gewesen, der darauf angesprungen war. Und Naomi hatten sie genauso mit einer Unsinnsgeschichte abgespeist wie seinen Vater.

Er verließ Bastis Zimmer und lief zur Küche zurück. Dort nahm er das Telefon. Der Anrufbeantworter blinkte. Er presste die Abspieltaste. »Hallo, Franz, Naomi hier. Ist Nic zurück? Hat er Luzie gesehen? Christopher ist nicht nach Hause gekommen und erreichen kann ich ihn auch nicht. Er ist wie … von Sinnen, nicht mal ich kann mehr mit ihm reden. Bitte melde dich bei mir.«

Der Förster war heute früh also nicht ins Dorf zurückmarschiert. Das hieß, er lief noch immer mit seiner Flinte in den Bergen herum, und wenn er nervlich so am Anschlag war wie gestern Nacht … Nervös suchte Nic die Handynummer seines Vaters im Telefon und drückte auf »wählen«.

»Schranner.«

»Papa, hat Basti sich bei dir gemeldet?«

»Guten Morgen, Nic.« Im Hintergrund hörte Nic Gelächter. Sein Vater war anscheinend bei *Off Limits*. Nic sah auf die Uhr. Gleich zehn, die erste Runde Offroad-Quads begann gleich. »Nein, hat er nicht.«

»Er war nicht in der Nothütte.«

»Ich weiß, der Krailinger hat mir gesagt, dass er die Nacht mit dir verbracht hat.« Sein Vater räusperte sich. »Und dem Förster. Er soll sich ziemlich aufgeführt haben.«

»Nicht schlimmer als der Krailinger. Er hat behauptet, Naomi hätte was mit dem Becker gehabt, die haben sich deswegen fast geprügelt.«

Im Hintergrund ertönte eine fremde Stimme, dann sagte sein Vater etwas über Helmpflicht und keine Ausnahmen.

»Papa?« So entspannt, wie sein Vater Bastis Fernbleiben von der Hütte nahm, musste er von ihm gehört haben.

»Nic? Wo waren wir stehen geblieben? Ach ja, der Krailinger. Kennst ihn doch, alter Labersack, der hatte garantiert einen in der Krone, vergiss einfach, was er gesagt hat.«

»Hast du vom Basti gehört?«

»Nein, die sind wahrscheinlich zur Hannwagneralm rüber,

als das so zugezogen hat.« Wieder Stimmen im Hintergrund. »Du, ich muss, wir sehen uns um vier, ja?«

»Papa! Halt! Ich hab kein gutes Gefühl, ich finde, wir sollten die Bergwacht –«

»Unsinn. Kennst doch den Basti. Seit ich weiß, dass die Luzie mit von der Partie ist, ist mir auch klar, warum er sich nicht rührt. Basti ist erwachsen. Und er hat das Satellitentelefon dabei. Wenn was wäre, hätte er sich längst gemeldet. Was meinst du, was der dir erzählt, wenn du ihm die Bergwacht hinterherschickst? Er hat bis morgen Abend frei, die sind zu viert, was soll denn passiert sein? Mach dir keinen Kopf, leg dich lieber eine Runde aufs Ohr, damit du nachher fit bist.«

Nic legte auf. Er war mal wieder der Einzige, der sich sorgte. Lag er falsch, weil er übermüdet und angespannt war, oder verkannte sein Vater die Situation?

24

Sie sollten die Höhle verlassen. Bastis Brustkorb zog sich zusammen und er spürte die gleiche Angst, die ihn damals gepackt hatte. Er zog Luzie von der Wand zurück. Doch sie schüttelte ihn ab, ihr Kopf beugte sich näher zu dem Baby der Madonnen-Figur.

»Luzie.« Er berührte sie an der Schulter. »Du hast es gesehen. Lass uns gehen.«

»Das bist du.« Ihre Stimme klang monoton, als gehörte sie nicht zu ihr. »Das Baby bist du.«

»Was redest du da?« Er beugte sich ebenfalls vor und richtete seine Lampe auf das Baby. Verblüfft streckte er die Hand vor, sein Finger berührte den kalten bemalten Stein und fuhr die

Kontur des umgedrehten Kreuzes auf der Brust des Babys nach. Seine Narbe. Genau dort. Knapp über dem Herzen.

»Oh mein Gott!« Plötzlich gellte Maschas Stimme durch die Höhle. Er riss sich von dem Bild los. »Gottgottgott« echote es von den Wänden. Wo waren Mascha und Valentin? Er leuchtete die Höhle ab.

»Wo seid ihr?«

»Um die Ecke.«

Er packte Luzie um die Hüfte und folgte Valentins Echo. »Eckeeckeecke.«

Ein paar Meter hinter dem Einstiegsbereich gabelte sich die Höhle. In dem rechten Gang huschten Lichtblitze über die Wände. Dort musste früher der Eingang der Höhle gewesen sein.

»Da lang.« Schon erblickte er Valentin. Dahinter Mascha. Sie studierten eine weitere Wand. Er schwenkte die Lampe. Noch eine Wandmalerei. Viel größer und beeindruckender als die andere.

Maschas Finger zeigte auf eine Stelle. »Sag mir, dass das nicht wahr ist.«

Basti betrachtete die Stelle. Wieder war eine Madonnenfigur abgebildet, nur dass sie diesmal nicht auf Babyschädeln stand, sondern ihr Gewand mit einem Gürtel aus winzigen Schädeln zusammengehalten wurde. Auf ihrem Arm das Baby, doch hier liebkoste sie es nicht, sondern reichte es wie eine Opfergabe an eine Art Göttin, die Mascha ähnelte. Diese Mascha-Göttin schaute grimmig auf das Baby, hinter ihr stand ein Mann mit einem Beil über der Schulter im Türrahmen der Schmugglerhütte. Sie war detailgetreu dargestellt, windschief, kein Brett wie das andere, das Wellblechdach ungleich überstehend, selbst der aufgesteckte Schneeschutz am Schornstein war abgebildet. Einzig der inzwischen nur noch an einem Scharnier morsch herabhängende Fensterladen neben der Tür hing hier noch gerade. Um die Hütte und über der Madonna schwebten fratzenähnliche Schwaden, manche Stellen waren durchbrochen von dunklen Flecken, die die Feuchtigkeit über die Jahre hinterlassen haben musste. »Dein Vater ist auch hier verewigt.« Valentin winkte ihn zu sich. »Nicht sehr schön.«

Basti schluckte. Wie die anderen Figuren war auch sein Vater fast lebensgroß abgebildet. Seine Hände waren auf die Ohren gepresst, seine Augen zugekniffen. Neben ihm ein frisch zugeschaufeltes Grab, aus dem einzelne Hände emporkrochen und ihre knochigen Finger anklagend zum Himmel streckten. Auf der anderen Seite stand ein Fremder mit einer fetten Zigarre im Mund, dahinter Krailinger. Überall hingen ihm Geldscheine aus den Taschen, aus Hose und Kragen. Basti trat näher heran. Die Geldscheine bluteten, darauf waren Totenköpfe.

»D...da!«, rief Mascha und leuchtete nach oben. Basti bog den Kopf zurück. Spürte, wie sein Puls in die Höhe schnellte.

Über ihnen, überlebensgroß, starrte der Förster auf sie herab. Abgebildet als wütender Racheengel, in der Hand sein Gewehr.

25

Die Gänsehaut wollte nicht verschwinden. Mascha rubbelte über ihren Arm. Es war nicht mehr kalt, seit sie die Höhle verlassen hatten. Die Sonne brannte auf sie herunter und doch war sie machtlos gegen die Kälte in ihren Gliedern.

Ihr Bild. Nein, nicht ihres. Ein Bild, das ihr ähnelte.

Sie konnte es nicht sein. Sie war noch nie hier gewesen, sie hatte noch nie jemanden aus diesem Dorf getroffen.

So wie sie noch nie diesen Hünen hinter ihr gesehen hatte. Er aber stand da, als wäre er ihr Leibwächter. Natürlich vor der Hütte, die Basti eindeutig als Schmugglerhütte identifiziert hatte. Ihre Mutter hatte etwas über die Hütte in Erfahrung gebracht – das war völlig klar. Sonst wäre sie nicht so scharf darauf gewesen, sie zu sehen.

Wenn sie ihre Mutter finden wollte, musste sie um jeden Preis dorthin. Sie schüttelte sich. All die Fratzen, die auf dem Bild herumschwebten wie Schwaden des Bösen in einem Gruselschocker.

Sie hätten nie nach Finstermoos kommen dürfen.

Valentin setzte sich neben sie und legte seine Hand auf ihre Schulter, als spürte er, wie dringend sie diesen warmen, menschlichen Kontakt jetzt brauchte.

Sie war als grausame Göttin dargestellt.

Genauso hatte Brigitta sie behandelt.

Wie diese Verrückte sie angefleht hatte, sie solle sie als Opfer nehmen, nicht die »Kinder«. Vielleicht entsprang alles nur dem Kopf dieser verrückten Alten und die Malereien waren von ihr. Immerhin konnte sie gut klettern.

»Ich verstehe es auch nicht«, sagte Valentin.

»Willst du es verstehen?«

Er nickte.

»Hilfst du mir, es herauszufinden?«

Er zögerte, dann nickte er wieder. Ein Schatten legte sich über sie. Mascha hob den Kopf. Basti und Luzie standen vor ihnen und blockten die gegen die innere Kälte so nutzlosen Sonnenstrahlen ab. Beide sahen ratlos aus. Luzies Augen waren gerötet, sie musste geweint haben, Basti wirkte schuldbewusst.

»Luzie und ich denken, es wäre am besten …«, begann Basti und wechselte einen unsicheren Blick mit Luzie. Sie nickte. »Also, wir denken, wir sollten das für uns behalten.«

»Was?«, fuhr Valentin auf und nahm ihr damit das Wort aus

dem Mund. »Für euch behalten? Ihr wollt so tun, als hättet ihr das nie gesehen? Auf keinen Fall! Da unten ist ein Bild von meinem Vater und ich will wissen, was es bedeutet.«

»Du willst wissen, ob er und meine Mutter …?«, fragte Luzie leise. »Wir … Wir könnten Halbgeschwister sein.«

Valentin senkte seinen Kopf. Mascha strich tröstend über seinen Oberschenkel. Nachdem er Luzie geküsst und ihr anscheinend seine Liebe gestanden hatte, musste ihn der Gedanke ziemlich beschäftigen. Armer Valentin. Ihm musste klar sein, dass Basti über genau diese Möglichkeit mit seinem Vater gesprochen und sie für nicht unwahrscheinlich gehalten hatte. Warum sonst hätte er zu Valentin gesagt, dass er und Luzie ein No-Go waren?

Schließlich nickte und schüttelte Valentin gleichzeitig den Kopf, als akzeptiere er die Möglichkeit und wollte sie dennoch nicht wahrhaben. Langsam hob er den Kopf und wandte sich an Luzie. »Ja, könnten wir. Aber ich will auch wissen, was all die Totenköpfe und Geisterfratzen und Skelette bedeuten sollen. Wir …«, er hielt kurz inne und Mascha spürte den leichten Druck seiner Hand auf ihrer Schulter, »wir wollen wissen, was es mit Maschas Porträt in dieser Höhle auf sich hat. Wie soll das funktionieren, ohne darüber zu reden?«

Basti drehte sich zu Luzie und zuckte mit den Schultern, als wollte er sagen: »Hab's dir doch gesagt.«

Luzie schüttelte jedoch den Kopf. »Ihr versteht das nicht. Wenn die im Dorf diese Bilder sehen, dann basteln die sich ihre eigenen Storys. Unsere Eltern können einpacken. Ebenso Wolferl, der Krailinger … Ihr könnt euch das nicht vorstellen, das Getuschel und die Finger und die Blicke und die Gespräche, die plötzlich abbrechen, wenn man den Raum betritt.«

Mascha blinzelte gegen das Sonnenlicht. Was meinte Luzie? Dass sie so was wie geächtet waren? Was für ein altertümliches

Wort. Wie sehr es hierher passte. Wen würde es treffen? Franz Schranner, den erfolgreichen Inhaber einer Eventagentur, ein echter Selfmademan, Krailinger, Besitzer des besten Hotels am Ort und noch dazu Bürgermeister, beide wichtige Arbeitgeber im Ort, Wolferl Mosbichl, den reichen Großgrundbesitzer der Gemeinde, den Förster, der den ganzen Wald um Finstermoos kontrollierte, und seine hübsche Frau. Allesamt Personen, die einiges zu verlieren hatten. Dieses Wandgemälde könnte ihr Leben tatsächlich zerstören. Konnten sie das verantworten, solange sie nicht wussten, was genau es zu bedeuten und wer es gemalt hatte? Andererseits … Sie warf einen schnellen Blick zu Valentin. Seine Gesichtszüge hatten sich etwas entspannt, auch ihn schienen Luzies Worte nachdenklich gemacht zu haben. Sie tastete nach seiner Hand auf ihrer Schulter, legte ihre Hand auf die seine und drückte sie. Er würde ihre Entscheidung verstehen.

»Also gut«, sagte sie abschließend. »Einverstanden, unter zwei Bedingungen: Valentin kann seinen Vater fragen, was es mit Luzies Mutter auf sich hat. Und ihr helft mir herauszufinden, warum mein Gesicht auf dieser Wand ist und was das mit dem Verschwinden meiner Mutter zu tun hat.«

26

Basti steckte die Creme in den Rucksack zurück. Die Schwellung von Luzies Fuß war deutlich zurückgegangen, trotzdem war sie noch spürbar. Er tippte auf eine Stauchung – wenn sie den Fuß endlich schonen würde, statt hier am Berg herumzukraxeln, wäre morgen oder übermorgen wieder alles beim Alten.

Diese verfluchten Malereien. Das mit dem Kreuz auf der Brust des Babys war ihm damals gar nicht aufgefallen. Kein Wunder, in dem funzeligen Licht seines Handys hatte er kaum etwas sehen können und auf den Fotos war die Malerei später nur verschwommen zu erkennen gewesen.

»Können wir?« Mascha stand vor ihm. An ihrem Rucksack steckte in der Seitentasche eine frisch gefüllte Wasserflasche und die Pluderhose zeugte davon, dass sie beim Befüllen einiges abbekommen hatte.

»Dir ist es wirklich ernst damit?« Er blickte auf ihre Schuhe. »Ist nicht gerade ein Spaziergang.«

»Hast du eine bessere Idee?«, fragte Mascha. Eine rein rhetorische Frage, so gut konnte Basti sie inzwischen einschätzen, um zu wissen, dass sie sich auf nichts anderes einlassen würde. »Meine Mutter wollte unbedingt zu dieser Schmugglerhütte und die Hütte wirkt auf dem Wandgemälde, als wäre es *mein* Heim. Das ist unsere erste Spur. Oder sollen wir lieber im Dorf nachfragen, was es damit auf sich haben könnte?«

»Schon gut. Wir gehen ja.«

Sie wandte sich an Luzie. »Und du? Valentin würde mit dir zurückgehen.«

»Ich komme mit.« Natürlich. Hatte er wirklich etwas anderes erwartet?

»Und dein Bein?«, fragte Mascha.

Luzie strich über den neu angelegten Verband. »Muss gehen. Wir haben fast die Hälfte des Wegs geschafft.«

Fast die Hälfte? Bastis Augenbrauen wanderten zur Mitte. Was redete Luzie da? Sie waren hier etwa auf einem Drittel der Strecke und die fiesesten Wegstücke kamen erst noch. »Ich finde auch, du solltest mit Valentin zurückgehen. Was, wenn dein Fuß so anschwillt, dass du keinen Schuh mehr tragen kannst? Du bringst uns alle in Schwierigkeiten.«

»Vergiss es.« Luzie stand demonstrativ auf und stemmte die stocklose Hand in die Hüfte. Sie blitzte ihn angriffslustig an. »Ich komme mit. Basta.«

Basti verdrehte die Augen. Diese Geste kannte er. Widerspruch zwecklos. Sie würde sich nicht abwimmeln lassen. Vielleicht wollte sie nicht mit Valentin allein zurück, falls er über ihre Eltern reden wollte – er spürte, dass sie noch nicht bereit war, darüber reden. Oder sie brannte genauso darauf zu erfahren, was es mit diesen Bildern auf sich hatte, wie er selbst. Was bedeutete die Abbildung seines Vaters? Was war das für ein Grab neben ihm? Und warum trug das Baby seine Narbe? Einen solchen Zufall gab es nicht. Der, der das gemalt hatte, kannte seine Narbe. Nur, er war nie geopfert worden. Schon gar nicht an Mascha. Was an diesen Bildern also entsprach der Wahrheit, was nicht?

27

Hoffentlich war in der Gruppe kein Knallkopf, der beweisen musste, wie cool er war. Nic checkte den Benzinstand des letzten Quads und stellte es zu den anderen in den Hof, als sein Vater auf ihn zulief. Nics Kehle zog sich zusammen. Warum war sein Gesicht so besorgt? Hatte er von Basti gehört? Er lief ihm entgegen.

»Ist was passiert?«

»Was? Nein.« Sein Vater schüttelte den besorgten Gesichtsausdruck ab wie eine Fliege und setzte ein Lächeln auf. »Bereit für die Zwölf-Uhr-Gruppe?«

Er nickte. »Wegen Basti … Ich hab kein gutes Gefühl. Kannst du nicht die Bergwacht einschalten?«

»Ehrlich, Nic! Du bist schlimmer als Naomi und unter uns gesagt – die ist schlimm genug. Basti hat frei, er ist erwachsen und übernachtet mit seinen Freunden am Berg. Was ist dein Problem?«

Was sein Problem war? Hatte sein Vater sein Gehirn ausgeschaltet? »Findest du es vielleicht normal, dass die vier nicht da waren, wo sie übernachten wollten? So viele Hütten gibt es nun auch nicht in der Ecke.«

Doch sein Vater wischte die Bedenken mit einer Handbewegung zur Seite. »Die sind unter Garantie zur Hannwagneralm hoch. Bei einem Gewitter ist das die bessere Wahl.«

Warum nur wollte sein Vater nicht begreifen, dass hier etwas nicht stimmte? »Ich bin gestern den Schmugglerpfad hochgelaufen, um Maschas Mutter zu suchen, weil Mascha sich sorgt. Du glaubst doch selbst nicht, dass die in der Situation Bock auf eine lustige Bergtour hat!«

»Was soll sie denn sonst tun? Hier rumsitzen und Däumchen drehen? Was ist schlimmer? In den Bergen rumzulaufen und wenigstens so tun, als würde man nach der Mutter suchen, oder gar nichts tun? Der Fritz wird keinen Trupp losschicken, solange nicht sicher ist, dass sie sich überhaupt am Berg aufhält.«

Nic presste nachdenklich seine Lippen aufeinander. Eine Bergtour als Ablenkungsmanöver für Mascha, bis man die Bergwacht losschicken konnte?

»Hör mal, Nic.« Sein Vater klopfte ihm auf die Schulter. »Ich weiß zu schätzen, wie du dich um Basti sorgst. Aber er ist erwachsen. Und er hat mir bewusst verschwiegen, dass Luzie dabei ist, weil er genau weiß, dass ich das nicht will. Ich bin vielleicht alt, aber ich bin nicht blöde. Meinst du, ich wüsste nicht, dass da heimlich was am Laufen ist, obwohl er mir hoch und heilig versprochen hat, die Finger von ihr zu lassen? Die haben bisher noch nie länger als ein paar Stunden miteinander verbracht. Und jetzt können sie endlich mal vierundzwanzig Stunden Händchen halten. Weißt du was? Es würde mich nicht einmal wundern, wenn er noch eine Nacht dranhängt.«

Normalerweise würde Nic mit ungeübten Fahrern die Alm meiden wie die Pest. Nicht heute. Sein Vater konnte Bastis Fernbleiben von der Schutzhütte schönreden, wie er wollte, er würde nicht tatenlos warten, bis auch sein Vater den Ernst der Lage erkannt hatte.

Er blickte zurück. Sein Herz setzte einen Schlag aus. »Körpergewicht nach vorne!«, brüllte er der Braunhaarigen zu und ließ sich zu ihr zurückfallen. Die brachte es noch fertig und stieg während der Fahrt ab. Die anderen drei dagegen stellten sich ziemlich gut an.

Er bremste und parkte das Quad vor dem Lifthäuschen. Die anderen taten es ihm nach. Mit einem Lächeln trat er auf die Gruppe zu und reckte beide Daumen in die Höhe.

»Großes Lob, besonders an die Damen. Gar nicht so einfach, das Quad hier hochzubringen – dazu braucht man schon Fingerspitzengefühl.«

Die Braunhaarige nahm ihren Helm ab und stülpte ihn über den Seitenspiegel. So angestrengt, wie sie eben den Hügel gemeistert hatte, konnte er jetzt einen Schwall an Beschimpfungen über sich ergehen lassen. Leider gerechtfertigt. Das hier war für Geübte, nicht für Leute, die zweimal in ihrem Leben einen Schotterweg entlanggefahren waren. Ausnahmsweise waren es mal nicht die Teilnehmer, sondern er, der neben der Spur lief.

Sie stöhnte, streckte sich und griff sich mit beiden Händen an den Rücken. »Ich bin völlig fertig! Jetzt einen Kaffee, dafür würde ich glatt einen Mord begehen.«

Nic strahlte sie an. »Den habt ihr euch verdient! Hier geht's mit dem Lift weiter, ihr habt also eine kleine Verschnaufpause, dann fünfzehn Minuten Fußmarsch und schon gibt's einen Kaffee.«

Der Mann der Braunhaarigen schlenderte zu ihr und legte seinen Arm um ihre Schulter: »Lässig! Das nenne ich Quadfahren! Nicht dieses dämliche Feldwegeschnarchen. Was meinst du?«

»War auf jeden Fall eine Herausforderung.« Sie grinste stolz und schlang ihren Arm um seine Hüfte. Nic atmete auf. Wenn sie den Abstecher zur Hannwagneralm ebenso positiv auslegten, hatte er mehr Glück als Verstand.

Er ging zur Bedienerkonsole und legte den Schalter um. Bei Einsetzen des Maschinenlärms meldete sich sein Magen. Er tat so, als müsste er an der Bedienerkonsole etwas überprüfen und atmete mehrmals tief in den Bauch. *Du hast es heute Nacht geschafft und heute Morgen, das wird ein Klacks.* Das Grummeln beruhigte sich etwas.

Er ging zu der Gruppe zurück und verfrachtete die vier Teilnehmer in die Sessel.

Okay. Jetzt du. Ein Klacks. Du wirst sehen. Er blähte seine Lunge auf und schwang sich in den nächsten Sessel. Sofort schloss er den Bügel. *Schließ die Augen, zähl die Pfeiler.*

Aus den Sesseln vor ihm hörte er, wie die Paare sich gegenseitig auf die Aussicht aufmerksam machten. Hoffentlich blieb die Stimmung so entspannt, wenn sie merkten, dass die Hannwagneralm bloß eine einfache Sennerhütte war, wo es nur Kaffee und Wasser mit Sirup gab. Er konnte es ihnen unter dem Label »urig« verkaufen, etwas ganz Besonderes, das nur wenige Gäste erleben durften. Die Eine-Million-Dollar-Frage blieb jedoch: Wie brachte er die Leute dazu, die kleine Extratour für sich zu behalten? Es durfte absolut niemand davon erfahren. Wenn sein Vater erfuhr, wo er mit ihnen hingefahren war, würde er ihn für verrückt erklären. Er fühlte die Sonne auf seinen nackten Armen und plötzlich legte sich die Müdigkeit über ihn wie eine schwere dunkle Decke. Er hätte sich doch noch mal eine Stunde hinlegen sollen.

Das Rattern schreckte ihn hoch. Er hatte vergessen, die Pfeiler zu zählen! Er riss die Augen auf, zerrte an dem Bügel und sprang in letzter Sekunde vom Sessel. Gelächter begrüßte ihn.

»Na, du brauchst den Kaffee wohl am dringendsten!«, kicherte die Braunhaarige.

Sie wusste gar nicht, wie recht sie damit hatte.

Die Hannwagneralm verfehlte ihre Wirkung nicht. Selbst wenn die Hannwagnerin ihnen ranzige Butter auf altem Brot serviert hätte, sie wären trotzdem begeistert gewesen. Alle vier hatten sich auf der sonnengebleichten Holzbank am Ende der wackeligen Veranda niedergelassen. Die Beine ausgestreckt, die Augen geschlossen, lauschten sie dem einzigartigen Sommerkonzert aus dem Gebimmel der Kuhglocken und dem Summen der Bienen. Nic beobachtete, wie die Braunhaarige die Hand ihres Mannes nahm, ein glückliches Lächeln auf den Lippen.

Er schlich in die Hütte. Was war nur los mit ihm? Er hatte die Verantwortung für diese Gruppe und sie vertrauten darauf, dass er ihnen nichts abverlangte, was sie gefährden könnte. Die Rückfahrt über die Almwiese war schwieriger als die Herfahrt. Passierte etwas, trug er die Schuld.

»Na, Bub, wo drückt der Schuh?« Die Hannwagnerin brühte den Kaffee so sorgfältig auf, als handelte es sich um eine japanische Teezeremonie.

»War der Basti gestern hier oben?«

»Der Basti?« Sie stellte das heiße Wasser ab. »Vor ein paar Wochen war er hier. Mit der Luzie.« Sie zwinkerte. »Dachten wohl, die alte Hannwagnerin merkt das nicht, aber die beiden waren mächtig am Turteln.«

Hatte sein Vater sich also getäuscht. Sie waren nicht hier gewesen. Wo sonst konnten sie die Nacht verbracht haben? Im Voggsertal auf der Rüblihütte? Basti hatte den Sturm kommen sehen, es wäre eine sinnvolle Ausweichmöglichkeit gewesen. Früh genug aufgebrochen waren sie ja. Oder – falls Mascha etwas über die Pläne ihrer Mutter herausgefunden hatte, konnten sie sonst wo hingelaufen sein, um ihrer Spur zu folgen. Die Hannwagnerin schüttete den Kaffee in robuste, handbemalte Haferl. »Als ich die Luzie so gesehen hab, mit dem Basti, da hab ich gleich an ihre Mutter denken müssen. So hat die früher auch auf meiner Bank gesessen. Immer wenn ich rauskam, schnell die Hand weg, damit ich nicht merke, dass die beiden ein Paar sind.«

»Warum? Wer hat das denn nicht wissen dürfen? War die Naomi dem alten Förster nicht recht?«

Sie wischte Nics Kommentar so ungestüm weg, dass sie etwas von dem Kaffee verschüttete. »Doch nicht mit dem Förster! Mit dem jungen Mann aus der Stadt.« Sie verzog ihren Mund zu einem faltigen Grinsen. »Ein fescher Kerl. War ja auch ein fesches Madl, die Naomi.«

Nic horchte auf. »Weißt du noch, wie der Typ hieß?«

»Natürlich, das war der Becker. Der Bonzenjunge aus Berlin. Bist du nicht mit seinem Sohn befreundet?«

Die Augen geschlossen, lehnte Nic sich in den Liftsessel zurück. Diesmal würde er das Zählen nicht vergessen und wieder einen Lacher seiner Truppe kassieren.

»Nic!« Der Mann der Braunhaarigen hatte sich in seinem Sessel umgedreht und fuchtelte aufgeregt durch die Luft. »Schau, da!« Er zeigte nach unten.

Nic erstarrte. Nach unten schauen? Nein, das war zu viel.

»Da liegt was! Sieht aus wie ein Rucksack!«

Was?

Er beugte sich vor. Klammerte sich am Bügel fest. Linste nach unten. Sein Atem keuchend.

Almwiese. Graue Felssprenkel. Dunkle, fichtenförmige Schatten auf leuchtendem Grün.

Da. Glitzern. Etwas, das die Sonne reflektierte. Er sah genauer hin, erkannte das Blau, den Rucksack. Basti! Feuer schoss durch seine Adern. Was machte Bastis Rucksack hier? Er segelte darüber hinweg, dann passierte der Lift schon die Schlucht. Schnell kniff Nic seine Augen zusammen.

Sein Herz klopfte rasend schnell. Warum lag Bastis Rucksack nur wenige Meter vor der Schlucht? Egal was sein Vater sagte, er würde sofort die Bergwacht einschalten, und wenn die nicht reagierten, würde er allein losziehen.

29

Das eisige Wasser des Gebirgsbaches betäubte den Schmerz sofort. Trotzdem zog Luzie den Fuß nach wenigen Sekunden wieder heraus. Es war zu kalt. Sie lehnte sich auf dem glatten Felsen zurück und legte ihn auf einem der malerisch in dem Bachbett verteilten Steine ab. Das Glucksen und Plätschern des Wassers passte zu dem idyllischen Ort.

Sie seufzte. Wenn ihr Leben nur ebenso friedlich und harmonisch wäre. Sie schloss die Augen, das Idyll wurde von den Gedanken an die grauenvolle Wandmalerei vertrieben.

So viele Fragen.

Wer hatte das gemalt? Was war Wahrheit und was Fantasie? Der einzige Anhaltspunkt war, dass Basti definitiv nie an Mascha oder ihre Mutter oder jemanden, der ihr ähnelte, übergeben worden war. Das war Fantasie. Und das mit ihrer Mutter und Valentins Vater? War das auch Fantasie? Und wenn nicht? Was bedeutete das dann für sie? Sie tunkte ihren Fuß erneut ins Wasser. Sog die Luft durch ihre Zähne, als das eisige Nass sich wie eine Stahlfaust um ihren Knöchel legte.

»Kann ich mich zu dir setzen?«

Luzie öffnete die Augen. Mascha stand neben ihr, ihre Haare hatte sie mit einem Bandana gebändigt, ihre Schuhe ebenfalls ausgezogen. Luzie zuckte mit den Schultern. Sie konnte es ihr schlecht verbieten, auch wenn sie keine Lust auf ein Gespräch und vor allem keine Lust auf Fragen hatte, die sie weder beantworten konnte noch wollte.

»Ohne euch hätte ich mich nach spätestens zehn Minuten verlaufen.« Mascha stippte ihre Zehen ebenfalls ins Wasser.

Luzie dagegen zog ihr Bein zurück. Das Wasser war wirklich grenzwertig. Ein Zeichen, dass sie bereits ziemlich hoch oben waren.

»Wie schafft Basti es nur, den richtigen Weg zu finden? Für mich sahen die alle gleich aus«, sprach Mascha weiter und patschte mit den Füßen im Wasser. »Boah, ist das kalt!«

»Wie schaffst du es, dich jeden Tag in Lebensgefahr zu bringen?« Luzie biss sich auf die Lippe. So unfreundlich hatte sie nicht sein wollen. Sie waren aufeinander angewiesen und sie brauchten Maschas und Valentins Verschwiegenheit, um das Bild geheim zu halten. Was brachte es, Unfrieden zu stiften?

»Gute Frage.« Mascha zog ihre Füße aus dem Wasser. »Früher ist mir so was nie passiert. Aber ich hätte eine Theorie: Jemand denkt, die Frau auf dem Bild bin ich, und will mich loswerden. Würde mich nicht wundern, wenn in dem Milchshake beim Raften K.o.-Tropfen waren. Eine Laktosereaktion fühlt sich normalerweise anders an.«

Luzie legte ihren Kopf schief und betrachtete Maschas Profil.

Die Ähnlichkeit zu der Frau in der Wandmalerei war wirklich verblüffend. Wollte jemand sie loswerden, wäre der speziell für Mascha hergerichtete und entsprechend markierte Milchshake die perfekte Möglichkeit gewesen. »Kannst du dir vorstellen, wer das Bild gemalt hat?«

Sie schüttelte den Kopf. Ihr Vater konnte es gemalt haben. Oder Toni. Beide waren in der Lage, solch ein gruseliges Meisterwerk an eine Wand zu pinseln. Aber das würde Mascha nicht von ihr erfahren. Sie würde mit Brigitta reden. Und mit ihrer Mutter. Vielleicht konnten die ihr all das erklären.

Ihr allein und nicht Mascha und Valentin, die nicht mal im Ansatz ahnten, was für Folgen es hatte, wenn die Bilder im Dorf die Runde machten. Die Gräber und Kreuze und Babyschädel, der dicke Bauch ihrer Mutter, ihr Vater als Racheengel – das alles im Zusammenspiel mit der Babyleiche, die Valentin gefunden hatte … Die Gerüchte würden sich überschlagen und alle dort abgebildeten Dörfler konnten einpacken. In Berlin dagegen – wen interessierte das schon?

»Was ist mit diesem Toni?«, hakte Mascha nach. »Hast du nicht gesagt, er sei ziemlich begabt mit Pinsel und Farbe?«

Mist. Hätte sie gestern nur die Klappe gehalten. »Keine Ahnung. Seine Kunst ist Verschlusssache. Um Menschen so treffend darzustellen, noch dazu auf einer Felswand, puh … Da gehört mehr dazu als nur ein bisschen Begabung.«

»Aber er wäre verrückt genug, um solche absurden Bilder zu malen. Denk nur an die vielen Totenschädel und die Kreuze … voll krank. Wie kommt man denn auf so was?«

»Viel spannender ist: Wie kommst du ins Bild?«, fragte Valentin von hinten. Luzie drehte den Kopf und winkte ihn zu sich, doch er setzte sich neben Mascha, als ob er einen Sicherheitsabstand zwischen ihm und ihr einhalten wollte. »Du bist wohl kaum seiner kranken Fantasie entsprungen.«

»Meine Mutter sah mir ziemlich ähnlich, als sie noch jünger war und lange Haare hatte.«

»Hast du nicht gesagt«, warf Valentin ein, »dass ihr zum ersten Mal in Finstermoos seid?«

»Hab ich.« Mascha hob die Hände gen Himmel. »Hast du eine andere Erklärung?«

»Die hatte ich eigentlich von dir erhofft.« Valentin pfefferte einen Kiesel ins Wasser und zeigte auf die Kreise, die sich um die Einschlagstelle zogen. »Ursache und Wirkung. Damit kann man alles erklären. Hast du mir mal gesagt.«

»Uns fehlen aber ein paar Variablen. Wirkung: Meine Mutter ist verschwunden und ich stehe andauernd mit einem Fuß im Grab. Ursache: Jemand hat Angst, dass etwas ans Licht kommt, das geheim bleiben soll. Fragt sich nur: Wer, was und warum?«

Luzie löste ihren Blick von den Kreisen im Wasser. Maschas Theorie klang logisch und doch warf sie mehr Fragen auf, als sie beantwortete. »Könnte deine Mutter früher schon einmal hier gewesen sein?«

»Möglich. Das würde auch erklären, warum Krailinger ihr kein Zimmer geben und Bastis Vater sie nicht mit auf die Tour nehmen wollte. Aber selbst wenn, ergibt das Bild keinen Sinn: Das Baby, das die Madonna dieser Göttin reicht, hat eine Narbe.« Mascha griff an die Stelle, an der Bastis Narbe saß. »Ich habe keine, sondern Basti.«

Luzie wandte sich um. Basti. Wo war er hingegangen?

»Was …« Sie drehte sich zu Valentin zurück, doch er brach ab. Dann setzte er erneut an, vermied es allerdings, sie anzusehen. »Was ist mit deinem Vater? Er hat die Häuserfassaden gemalt. Könnte er auch so was malen?«

Ja. Das könnte er. Trotzdem schüttelte sie den Kopf. Er würde sich nicht selbst als blutrünstigen Racheengel porträtieren. Oder doch? Konnte er so verletzt gewesen sein, dass er seine

Wut in dieser Höhle austoben musste? Und dann hatte er sie künstlich verschlossen, um sein Werk vor den Augen Fremder zu schützen. Aber was hieße das für sie? Sie schüttelte noch einmal den Kopf. *Gar nicht erst darüber nachdenken. Es ist nur ein Bild.* Tonis seltsame Fantasie. Er hatte bekannte Gesichter mit irgendwelchen Szenen aus diesen gruseligen Altargemälden vermischt und zu einem irren Kunstwerk verschmolzen.

Und Mascha? Sie stöhnte. Wie sie es auch drehten und wendeten, es ergab keinen Sinn.

»Wo ist eigentlich Basti?«, fragte da Valentin und blickte sich um. Luzie folgte seinem Blick und suchte den Fichtenwald links und rechts entlang des Bachbettes ab.

Da knackte es und Basti tauchte aus den Bäumen auf. In seiner Hand trug er sein Käppi mit der Öffnung nach oben, in seinem Gesicht ein zufriedenes Grinsen. Kurz darauf war er bei ihnen und stellte das Käppi stolz vor sie.

»Guten Appetit.« Saftige Blaubeeren füllten das Käppi bis obenhin. Ihr Herz schlug ein wenig schneller. Blaubeeren. Vor ihrem ersten Kuss hatten sie auch Blaubeeren gegessen. Was für eine Ironie. Blaubeeren hatten den Beginn ihrer Liebe besiegelt und jetzt das Ende. Basti steckte sich drei davon in den Mund. »Wenn ihr das wirklich durchziehen wollt, sollten wir uns die letzten Brote für heute Abend aufheben.« Er zeigte den Wald hoch zu der Stelle, wo er sich lichtete. »Da oben sind Tonnen von Blaubeeren. Wir sollten so viele mitnehmen, wie wir können. Und Wasser. Das ist vor der Hütte die letzte Möglichkeit. Und ob der Brunnen oben läuft, weiß ich nicht.«

»Übernachten wir dort?«, fragte Valentin.

Mit einem Seitenblick auf sie nickte er. »Nachtwanderungen sind heute nicht im Programm.«

Dann ging er zu ihrem Rucksack, kramte darin herum und kam kurz darauf mit der Creme und einem T-Shirt wieder.

»Gib mir mal dein Bein.«

Sie streckte es ihm hin. Er legte ihren Fuß auf seinem Knie ab. Sie nahm jede Berührung überdeutlich wahr. Wie er die Creme auf dem Knöchel verteilte, wie er sie in das Bein einmassierte, wie er die Schwellung abtastete. Warum konnte er diesen dummen Kuss nicht einfach vergessen? Tränen stahlen sich in ihre Augen und sie zwinkerte sie verstohlen weg. Wenn er nur mit ihr reden würde, ihr sagen würde, was er dachte. Er setzte zum Sprechen an, schüttelte den Kopf und verstummte.

Los, Basti, sprich mit mir!

Dann spürte sie seine Hand auf ihrer Schulter, sah hoch und direkt in seine Augen. Es war noch schwerer als sonst, seinen Blick zu deuten. All die Sorglosigkeit, hinter der er sich so gerne versteckte, war verflogen. Gerade so, als wäre Basti über Nacht erwachsen geworden.

»Ich möchte, dass du mit Valentin absteigst. Wenn das weiter anschwillt, passt der Schuh bald nicht mehr. Findest du den Weg zurück?«

Ihr wurde heiß. Er wollte sie wegschicken! »Nein«, sagte sie nachdrücklich. »Außerdem will ich nicht. Das geht mich genauso viel an wie euch.«

Basti legte ihr Bein auf dem Fels ab. »Wie du meinst.« Er tauchte ihr T-Shirt ins Wasser, wrang es aus und schlang es um ihren Knöchel. »Dann machen wir eben noch etwas Pause.«

30

»Papa?« Nic riss die Tür zur Blockhütte auf und stürmte hinein, doch hinter dem Schreibtisch saß nur einer der Angestellten.

»Dein Papa ist mit der Paintballgruppe unterwegs.« Huber checkte die Uhr an seinem Armgelenk. »Der müsste um sechs wieder zurück sein.«

Nic verkniff sich einen Fluch. Seinen Vater zu erreichen, konnte er also vergessen.

Er warf seinen Rucksack auf den Boden und griff nach dem Telefon. »Kannst du bitte die Quads aufräumen und die Leute abfertigen?«

Huber lupfte die Augenbrauen und bedachte ihn mit einem Blick, als hätte er ihn gerade zur Putzhilfe degradiert.

»Ja, ich weiß, das ist nicht dein Job. Mach's trotzdem. Bitte.« Nic wählte die Nummer der Bergwacht, während Huber sich betont langsam aus dem Schreibtischstuhl erhob und im Schneckentempo zur Tür schlurfte. Ob er den Zeitlupenmodus einstellte, um Nic zu zeigen, dass dies ganz sicher nicht seine Aufgabe war, oder um zu hören, was er so Dringendes am Telefon zu bereden hatte, war Nic egal. Endlich meldete Fritz sich am anderen Ende.

»Bergwacht Voggsertal.«

»Fritz!«, rief Nic. »Der Basti und die anderen sind verschwunden. Ich hab seinen Rucksack gesehen!«

»Nic?« Fritz' Stimme war so gelassen und ruhig wie immer. »Jetzt mal ganz langsam. Wer ist verschwunden?«

»Der Basti!«, rief Nic ungeduldig. »Und die Luzie und das Mädchen aus Berlin, deren Mutter weg ist, und der Sohn vom Becker.«

»Und mit verschwunden meinst du was?«

»Sie hätten in der Notunterkunft übernachten müssen, aber dort waren sie nicht. Und bei der Hannwagnerin auch nicht. Und eben hab ich vom Fehlingerlift aus Bastis Rucksack gesehen. Mitten in der Almwiese. Der würde den doch nicht dort liegen lassen!«

»Stopp mal – hast du ›übernachten‹ gesagt?«

»Ja. Die sind seit gestern Nachmittag unterwegs.«

»Warte, ich frag die Gerti, ob sie was gehört hat.«

Schweiß lief Nics Rücken hinunter. Er lehnte sich an den Schreibtisch. Langsam holten ihn der gestrige Tag und die kurze Nacht ein. Oder die Rückfahrt eben steckte ihm noch in den Knochen. Hoffentlich verplapperten die da draußen sich nicht und erzählten Huber, wo sie gewesen waren.

»Nic?«, meldete Fritz sich zurück. »Hier liegt nichts vor. Keine Meldung. Das seh ich erst mal positiv.«

Was soll das denn heißen? Positiv?

»Wenn die zusammen los sind«, fuhr Fritz fort, »und es wäre was passiert, hätte einer der vier sich doch inzwischen bei uns gemeldet, oder?«

»Aber –«, begann Nic, als Fritz ihn unterbrach.

»Nic, Junge, wie lange bist du jetzt im Geschäft? Wenn beim Fehlingerlift was passiert wäre, hätten wir schon längst was gehört. Wahrscheinlich ist dem Basti der Rucksack rausgefallen und er war schlau genug, ihn gestern nicht mehr zu holen, sondern seine Truppe gleich vor dem Unwetter in Sicherheit zu bringen. Wann wollte er denn zurück sein?«

»Spätestens morgen, aber eigentlich schon heute Nachmittag.«

»Na, dann …«

Na dann? Begriff Fritz nicht, dass Bastis zurückgelassener Rucksack nicht so einfach wegerklärt werden konnte? »Aber –«, protestierte er erneut.

»Jetzt mach dir keinen Kopf. Wenn er morgen nicht zurück ist, schick ich einen Hubschrauber los.«

Damit war für Fritz die Sache erledigt. Nic wusste, wann weitere Worte sinnlos waren.

Und jetzt? Hier sitzen und warten? Unruhe ergriff ihn. Nein.

Niemals würde Basti einfach so der Rucksack aus dem Lift fallen. Und außerdem – sie waren früh genug losgegangen, um problemlos seinen Rucksack zu holen, ohne Gefahr zu laufen, in das Unwetter zu kommen. Außer das Licht im Lift gestern Abend war doch von Basti und den anderen gewesen. Aber wo waren sie von dort hingegangen? Er warf das Telefon auf den Schreibtisch und tigerte zu der großen Wanderkarte an der Wand. Sein Finger fuhr über die Liftstrecke, blieb an der Stelle hängen, wo er Bastis Rucksack gefunden hatte. Dann zog er einen Kreis von zwanzig Zentimetern um die Stelle und studierte die Karte so genau, als suchte er ein vierblättriges Kleeblatt auf einer Almwiese.

Zum vierten Mal an diesem Tag stieg Nic aus dem Lift und stellte ihn ab. *Die neue Holzhammertherapie gegen Höhenangst. Sollte ich mir patentieren lassen.* Eilig lief er die felsige Almwiese hinunter. Der Rucksack lag näher an der Schlucht, als es von oben den Anschein gehabt hatte. Er verlangsamte seinen Schritt. Tatsächlich. Bastis Rucksack.

Er öffnete ihn mit zittriger Hand und durchsuchte die Taschen. Etwas hier stimmte ganz und gar nicht. Er versuchte vergeblich, das Zittern seiner Hand unter Kontrolle zu bringen. Satellitentelefon, Proviant, Verbandszeug, Taschenlampe, Schlafsack, alles da. Freiwillig würde Basti den Rucksack nicht hier lassen und dass er ausgerechnet Basti versehentlich aus dem Lift fiel, war so gut wie ausgeschlossen.

Was war passiert?

Er schulterte den Rucksack und machte sich an den Aufstieg, als ihm ein großer Fleck abgeknickter Grashalme auffiel. Er blieb stehen. War der Rucksack hier gelandet und hatte die hohen Gräser und Blumen umgemäht? Die Hand wie einen Sonnenschutz an der Stirn, scannte er die Alm ab.

Ein weiterer Fleck. Er ging darauf zu. Untersuchte die Stelle. Sah zurück zu der anderen, zu dem Ort, an dem der Rucksack gelegen hatte und schüttelte den Kopf. Das passte nicht. Wenn der Rucksack dort gelandet war, hätte er nicht hierherrollen können. Er suchte nach weiteren Flecken, lief über die Alm, den Blick auf den Boden gepinnt, fand einen weiteren, als er etwas glitzern sah. Er bückte sich, hob es auf. Ein Schlüssel. Mit Anhänger. Ein Zimmerschlüssel vom Kronenhof. Er drehte den Anhänger um. 46. Maschas Zimmerschlüssel!

Also doch! Die vier waren hier abgesprungen!

Seine Schritte wurden schneller.

Warum?

Er lief die Alm wie ein aufgescheuchter Hase im Zickzack entlang und suchte nach weiteren Spuren, stieß nach einigen Minuten auf eine kaum erkennbare Trampelspur, querfeldein, zu breit für eine Person. Mindestens zwei waren nebeneinander gegangen, eher drei. Er kniete sich ins Gras, überprüfte, ob er Fußabdrücke erkennen konnte, doch außer abgeknickten Grashalmen und zertrampelten Feldblumen war nichts auszumachen.

Er blieb auf der Spur und folgte ihr in den Wald, wo er sie mal verlor, mal wieder fand. Basti musste versucht haben, die Notunterkunft zu erreichen.

Das ergab Sinn. Aber warum hatte er nicht den normalen Weg genommen? Er hätte nur die Alm zum Liftende hochsteigen müssen. Dann verlor sich die Spur. Er ging zurück, verfehlte nur knapp einen zertretenen Kothaufen, drum herum Kotspuren am Waldboden, an Blättern, als hätte jemand versucht, den Kot vom Schuh zu wischen. Er betrachtete den Haufen genauer. Bärenkot?

Nic stöhnte auf. Auch das noch!

Langsam folgte er erneut der Spur, wieder endete sie nach

wenigen Metern abrupt. Er suchte, entdeckte eine neue. Steil bergab, mitten durchs Gehölz. Nic griff nach Ästen, um auf dem rutschigen Waldboden nicht den Halt zu verlieren. Offenbar hatten die anderen die Äste auch schon missbraucht, immer wieder zeugten zerfetzte oder fehlende Blätter von einem rettenden Griff nach ihnen. Dann bemerkte er eine weitere Spur. Breiter. Die braunen Nadeln, die überall den Boden bedeckten, waren wie weggewischt, ein Streifen dunkelbrauner Erde zog sich wie eine Schleifspur durch den Wald.

Verflixt. Jemand war ins Rutschen gekommen.

Vorsichtig hangelte er sich an den Ästen weiter abwärts, immer neben der Rutschspur, dann hörte sie auf. Wachsam suchte er nach der nächsten Spur, obwohl er bereits ahnte, wohin Basti gegangen sein musste. Genau das hätte er auch getan.

Kluger Junge. Die Pinäushöhle. Er lief die letzten Meter zur Höhle, als er ein Geräusch wahrnahm.

Ein Scharren. Dann Poltern.

Nic erstarrte. *Was bist du für ein Anfänger!*

Da oben war Bärenkot. Hier eine Höhle. Langsam bewegte er sich rückwärts bis zu dem Felsen, den Basti mit seinen Survivalschülern als Übungsfelsen benutzte. Zur Not konnte er dort hochklettern. Dann klatschte er in die Hände und begann, laut nach Basti zu rufen.

Er wartete, rief wieder, pfiff auf den Fingern. Wenn Basti und die anderen dort drin waren, hätten sie ihn inzwischen hören müssen. Und die Tatsache, dass sich nichts rührte, bedeutete nichts Gutes. Er lief den Weg zum Wald zurück, als jemand aus der Höhle stürmte.

Ein Mann.

Er kniff die Augen zusammen. Wolferl?

Erleichtert rannte er zu ihm. Es war wirklich Wolferl, sein Gewehr über der Schulter, seine Haltung angespannt.

»Nic! Was machst du hier?«

»Ich suche Basti. Hast du ihn seit gestern gesehen?«

Wolferl schüttelte den Kopf, machte dann eine Nickbewegung Richtung Höhle. »Aber ich denke, Basti, Luzie und die Städter haben hier übernachtet.«

»Ja, das würde mich nicht wundern.« Er musterte Wolferl argwöhnisch. »Und was machst du hier?«

»Toni ist weg. Ich bin auch der Spur nach.« Er verstummte, sein Blick wurde zornig. »Jemand ist in Tonis Scheune eingebrochen und hat etwas geklaut, das ihm sehr wichtig ist. Ich …« Er holte Luft, als wüsste er nicht, wie er sagen sollte, was er sagen musste. »Ich hatte gestern alle Hände mit Brigitta zu tun und als ich nach Toni sehen wollte, war er weg.«

Nick runzelte die Stirn. »Ist das so schlimm? Toni kennt sich doch aus.«

»Er ist …« Wieder stoppte Wolferl mitten im Satz. Was war los mit ihm? Wo war der selbstsichere toughe Wolferl, der alles und jeden mit einem Blick im Griff hatte?

»Toni ist nicht er selbst. Die letzten Tage waren zu viel für ihn. Ich habe ihn nicht mehr unter Kontrolle.«

Nic hob fragend die Augenbrauen.

Wolferl seufzte und schüttelte ratlos den Kopf. »Er ist mit seiner Axt los. Ich weiß nicht, was in seinem Kopf vorgeht. Aber ich mache mir Sorgen um den Sohn vom Becker.«

31

Wenn er nur seinen Rucksack hätte. Wenigstens das Satellitentelefon, um seinem Vater Bescheid zu geben, dass sie noch bis morgen am Berg blieben. Basti setzte das Taschenmesser neben dem rauen Stängel des nächsten Beinwells an und lockerte die Erde, bevor er die Pflanze mitsamt Wurzel aus der Erde zog. Eine noch, dann müsste er genug haben, um Luzie heute Abend in der Hütte einen Umschlag für ihr Bein zu kochen.

Er blickte auf die Uhr. Valentin und Mascha sollten längst mit dem Blaubeerpflücken fertig sein. Hoffentlich hatten sie ohne Zwischenfälle zum Treffpunkt zurückgefunden. Er hätte Mascha nicht aus seinen Augen lassen sollen, wer wusste schon, was ihr als Nächstes zustieß. Unruhig schob er die Blumen zu einem Haufen zusammen, packte sie und lief am Bachbett entlang zu Luzie zurück.

Luzie.

Sein Herz zog sich zusammen. Valentins Lippen auf ihren. Wie er sie festgehalten hatte.

Im Kino hatte sie es ihm auf den Kopf zugesagt: Wie er sich so sicher sein konnte, dass Valentins Hoffnung auf ihre Liebe ausweglos wäre. Und er hatte gedacht, dass sie ihm mit dem Spruch nur eine reinwürgen wollte. Vielleicht war er ja naiv oder blind oder zu sehr von sich selbst überzeugt, aber dass sie in Valentin mehr als nur einen Kumpel sehen könnte, hatte er nicht eine Sekunde in Betracht gezogen. Dabei wusste er am besten, dass der Übergang von Freundschaft zu Liebe so schleichend sein konnte, dass man ihn kaum wahrnahm. Sie chattete viel mit Valentin, sie vertraute ihm sogar Dinge an, die er nur mit Nic teilen würde. Das Bachufer verwandelte sich in eine steile Böschung und Basti sprang im niedrigen Bachbett von Stein zu Stein.

Mit Nic. Seinem Bruder … Ob Valentin und Luzie deshalb so vertraut miteinander waren? Weil das Bild in der Höhle die Wahrheit sagte? Weil sie miteinander verwandt waren? »Zefix!« Verärgert zog er den Fuß aus dem Wasser und betrachtete sein bis zur Wade nasses Bein.

Traf das Bild zu, waren Luzie und Valentin ein No-Go, aber was, wenn es nicht der Wahrheit entsprach?

Dann war Valentin ein ernst zu nehmender Konkurrent. Und er startete mit einem Handicap ins Rennen, solange er sich nicht öffentlich zu Luzie bekennen konnte.

Das belegte Gefühl in der Kehle kehrte zurück. Vielleicht sollte er einfach so tun, als wäre der Kuss nie passiert. Er konnte ja trotzdem besonders wachsam sein und auf Zeichen zwischen den beiden achten. Endlich erreichte er die Stelle, an der er Luzie vor einer knappen Stunde zurückgelassen hatte. Sie war verlassen. *Oh Mann!* Konnte sich denn nie jemand an seine Anweisungen halten?

Wo war sie? Wo waren die anderen? Er hüpfte zum Ufer und lief zu dem Felsen, auf dem sie gesessen hatte. Dort legte er seine Hand auf den Stein. Warm. Von der Sonne? Oder von ihrer Körpertemperatur?

Er drehte sich im Kreis und suchte den Wald um ihn herum ab. Hatte er ihr nicht ausdrücklich Ruhe verordnet? Wie sollte er sie bis zur Hütte hochbringen, wenn sie sich nicht zwischendurch ausruhte? Er legte die Blumen ab und presste zwei Finger gegen die Mundwinkel. Ein schriller Pfiff ertönte.

»Luzie!« Er sah sich um. »Val! Mascha!«

Stille.

Wo zum Kuckuck waren sie? »Hallo?« Er sprang ein paar Felsen weiter, auf die andere Seite des Bachbetts, stellte sich an den Waldrand und steckte seine Finger wieder in den Mund.

»Psst! Basti!«

Er wirbelte herum. Hinter einer Tanne leuchtete Luzies Jacke durch die ausladenden Zweige. Sie winkte ihn zu sich. »Mann, wo warst du denn so lange?«, flüsterte sie hörbar genervt.

Er musterte sie überrascht. Ihre Augen flitzen von links nach rechts, ihre Bewegungen waren abgehackt und nervös.

»Was ist los?«

»Da ist jemand«, flüsterte sie. Sie spähte angestrengt in den Wald auf der anderen Seite des Bachbetts. »Es knackst und raschelt immer wieder und ich glaube nicht, dass es ein Tier ist. Jemand beobachtet uns.«

»Bist du sicher?«, flüsterte Basti zurück. »Wer soll hier denn sein?«

Sie zuckte mit den Schultern. »Vielleicht der, der uns gestern im Lift hat hängen lassen?«

Er folgte ihrem Blick. Erkundete ebenfalls den undurchdringlichen Wald. Wenn jemand ihnen auflauern oder sich an ihre Fersen heften wollte, war er in dem Wald perfekt geschützt. Hier gab es tausend Verstecke und wenn man den Überraschungsmoment für sich nutzte, war es ein Leichtes, sogar jemanden, der viel größer und stärker war, zum Fallen zu bringen.

Wo zum Teufel blieben nur Valentin und Mascha?

7. August – 21:28 Uhr

32

Klonk.

Metall auf Stein.

Vielleicht nur ein Kiesel.

Vielleicht geht es daneben weiter.

Nic tastet eine Handbreit nach rechts und setzt die schmale Seite der großen rechteckigen Gürtelschnalle erneut an. Kratzt über die Erde, schabt bröselige Lehmstücke nach oben, aus dem Loch heraus, setzt die Schnalle wieder an.

Klonk.

Mist. Er zieht die Schnalle über den Boden, übt Druck aus, schabt unermüdlich Erde aus dem Loch heraus. Wenn es ein Felsen ist, dann jedenfalls nicht durchgehend. Er darf nicht durchgehend sein.

Klonk.

Metall auf Stein, das soll nicht sein.

»Verdammt!« Nic rammt die schmale Seite der ausladenden Gürtelschnalle in den lehmigen Boden. »Hört ihr nicht, dass hier Endstation ist? Wir sind auf Fels gestoßen. Den können wir nicht wegschaben.«

Er lässt sich nach hinten sinken, bis seine Pobacken die Fersen berühren. Er lauscht dem stetigen Schaben von Bastis Messer und Valentins hektischem Gekratze. Er unterscheidet Valentins kurze, von häufigem Ächzen unterbrochene Atmenzüge von Bastis kaum wahrnehmbaren, konzentriert sich auf Bastis Murmeln, die leisen Beschwörungen, die durch den Bunker schwirren und mal von hier und mal von dort zu kommen scheinen, mal wie ein Fluchen, mal wie ein verlorener Seufzer klingen.

»Jungs! Hört auf!« Nic schnippt mit den Fingern. »Wir brauchen einen neuen Plan.«

Endlich stoppt das Schaben und Kratzen und Murmeln.

»Hast du einen?« Dem Schnappgeräusch nach hat Basti gerade sein Messer zugeklappt.

»Ja, hast du einen?«, fragt nun auch Valentin.

»Alcatraz.« Nic schlägt mit der Schnalle gegen die Mauer. »Wir gehen durch die Wand.«

Ein Seufzer. Schnaufen. Scharren.

»Die Wand?«, fragt Valentin schließlich gedehnt.

»Wir kratzen den Mörtel raus und lockern die Ziegel.« Nic runzelt die Stirn. Was ist nur los? »Durch die Wand« verdient genauso viel Enthusiasmus wie »unter der Wand durch«. Zumindest Basti könnte langsam mal etwas Begeisterung zeigen.

»Ist die nicht doppelt?«, fragt Valentin nach.

Nic zuckt die Schultern, obwohl Valentin das nicht sehen kann. Einfach, doppelt oder dreifach: Die Wand ist ihre einzige und letzte Chance, hier lebend herauszukommen.

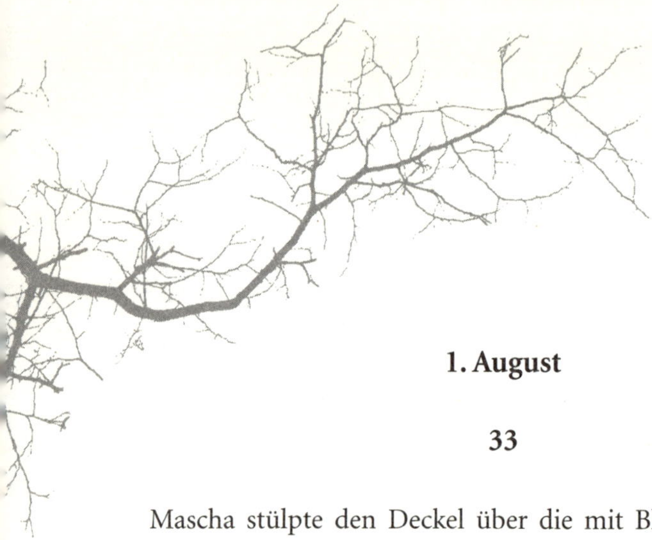

1. August

33

Mascha stülpte den Deckel über die mit Blaubeeren gefüllte Lunchbox des Kronenhofs. Beide Boxen waren randvoll, das sollte genügen. Zum Schutz gegen die blendende Sonne legte sie die Hand wie einen Schirm an die Stirn. Wo blieb Valentin nur so lange? Im Gegensatz zu der sonnigen, mit Büschen und Gräsern überzogenen Lichtung erschien der angrenzende Wald abweisend und düster. Als könnte die Natur sich nicht entscheiden: Hier lieblich und hell, keine zwanzig Meter weiter dunkel und so zerklüftet, dass Basti sie sogar vor dem Betreten gewarnt hatte.

Kam es ihr nur so vor oder war Valentin schon viel zu lange weg? Jungs brauchten doch nicht so viel Zeit zum Pinkeln … Sie horchte. Hoffentlich beeilte er sich, die anderen warteten sicher schon auf sie. Sie verstaute die Dose in ihrem Rucksack und zog die Bändel zu.

Plötzlich gellte ein Schrei aus dem Wald.

Ihr stockte das Blut in den Adern. Hastig sprang sie auf und sprintete über die Lichtung.

Noch ein Schrei. Sie erreichte den Waldrand. Sofort veränderte sich das Licht, nur wenige Sonnenstrahlen schafften es durch die dichten Fichtenkronen. Mascha verengte die Augen.

»Valentin!«

Ihr Blick huschte von links nach rechts. Bäume. Schlanke schuppige Fichtenstämme, Gestrüpp, wo war er?

»Hier! Mascha!«

Sie riss den Kopf herum, sah ihn. Nur Kopf und Arme schauten noch über den Rand einer Kluft, verzweifelt klammerte er sich mit den Händen an eine winzige Babyfichte, die sich jedoch gefährlich Richtung Abhang neigte. Sie stürzte zu ihm. Die Babyfichte gab nach, ihre Wurzeln lösten sich. Mascha warf sich auf den weichen Waldboden und streckte ihre Hand nach ihm aus, als die Babyfichte aus dem Boden schnellte.

34

»Mascha? Val?« Luzie horchte. Zwitschern. Rascheln. Nichts als die üblichen Waldgeräusche. Wo waren die beiden nur abgeblieben? Basti hatte ihnen genau erklärt, wie sie das Blaubeerfeld erreichten. Auf dem kurzen Weg dorthin konnte man sich gar nicht verlaufen. Sie stützte sich auf den Stock, um ihr Bein zu entlasten. Das Pochen war wieder stärker geworden. Sie sah zu dem Punkt, an dem die Lichtung durch die Fichten schimmerte. Es gab nur zwei Möglichkeiten, zum Blaubeerfeld zu gelangen, sie ging einen Weg, Basti den anderen. Wenn weder er noch sie auf die anderen stießen und sie auch nicht auf der Lichtung waren, hatten sie ein Problem. Vorsichtig setzte sie ihren Weg fort, mit einer Hand rammte sie den Stock in den Boden, mit der anderen klammerte sie sich an die harzigen Äste der Fichten, und arbeitete sich Meter für Meter den rutschigen Boden des steilen Waldhangs weiter hoch. Sie hörte einen langen Pfiff. Dann noch einen, wieder lang. Und noch einen dritten. Dreimal lang – das Morsezeichen für ein O.

Pause, einmal lang, einmal kurz, einmal lang – ein K. *O.K.* Sie stoppte und pfiff die gleiche Sequenz zurück. *Alles in Ordnung.*

Endlich wurde es heller, die Lichtung war nur noch ein paar Höhenmeter entfernt. Wenn dieser Hang nur nicht so verdammt steil wäre. Sie hangelte sich zu dem nächsten Ast und zog sich weiter nach oben.

Ein letztes Mal, dann kniete sie am Rand der Lichtung. Keiner da. Enttäuscht richtete sie sich auf. Und jetzt?

Sie legte Daumen und Zeigefinger an die Lippen und pfiff. Einmal lang, zweimal kurz – ein D, einmal kurz, einmal lang – ein A. Pause, fünfmal lang – Null. *Bin oben, niemand da.*

Bastis Pfiffe antworteten. Sie lauschte. *O.K.* Was so viel bedeutete wie: Setz dich hin und warte.

Sie humpelte zur Mitte der Lichtung, von hier hatte sie die Gegend besser im Blick. Der Wald so dicht in ihrem Rücken fühlte sich nicht gut an, obwohl dieses Brizzeln im Nacken, als lauerte jemand hinter den Bäumen, schon lange nachgelassen hatte. Bei den Blaubeerbüschen blieb sie stehen. Luzie beugte sich nach unten und betrachtete die zum Teil leer gerupften Zweige, als ihr Maschas Rucksack ins Auge fiel. Er lag neben einem Busch, scheinbar achtlos hingeworfen. Noch einmal ließ sie ihren Blick über die Lichtung schweifen, bis er an dem angrenzenden Wald hängen blieb. »Mascha?« Sie wartete. »Val?« Wieder lauschte sie. Hatte sie gerade etwas gehört? Sie legte die Finger an die Ohrmuscheln, konzentrierte sich ganz und gar auf das Hören. Ja. Da war etwas. Gedämpft. Ein Rufen. Wie erstickt. So schnell sie konnte, humpelte sie in Richtung Wald und lauschte wieder.

»Mascha? Val? Seid ihr das?«

Wieder das erstickte, unverständliche Rufen. Irgendwas stimmte da nicht. Luzie legte ihre Finger an die Lippen und pfiff ein *SOS*. Dann stürmte sie weiter die Lichtung bergauf.

»Mascha, Valentin! Wo seid ihr?«

»Lu…ie.« Das war Maschas Stimme, aber warum so gedämpft?

Luzie lief weiter, ignorierte den Schmerz in ihrem Fuß. Wo steckten sie bloß? Warum konnte sie Mascha nicht sehen?

»Lu…ie!«

Die Stimme kam von weiter rechts. Eindeutig aus dem Wald. Luzies Herz klopfte wie verrückt. »Mascha, wo bist du?«

»…ie… o…en.«

Sie warf den Stock von sich und rannte, so schnell ihre Lungen es ihr erlaubten, nach oben. Stechende Schmerzen jagten durch ihr Bein, sie presste die Zähne zusammen. Warum hörte sie nur Mascha? Was war mit Valentin?

Japsend erreichte sie den Waldrand. »Mascha?«, gellte ihre Stimme durch die Bäume. Diesmal kam die Antwort klarer. Sie war auf dem richtigen Weg. Ihre Augen jagten über das Gebüsch, den Boden, dann sah sie Mascha.

Sie lag direkt an einem Abgrund, der Kopf seitlich auf den Waldboden gepresst, eine Hand klammerte sich an einen niedrigen Busch. Der andere Arm verschwand in der Schlucht, die Beine waren gespreizt, die Füße in den Boden gerammt. »…ilf mi…«

Luzie stürmte zu ihr. Sie legte sich neben sie und linste in den Abgrund.

Valentin!

Seine Hände umfassten Maschas Handgelenk, die Füße ruhten auf einem winzigen Felsvorsprung. Auf seiner Stirn standen unzählige Schweißperlen, sein Atem ging stoßweise.

Wie Mascha spreizte Luzie die Beine und bohrte ihre Fußspitzen in den Boden, um besseren Halt zu haben. Kurz zuckte ein heftiger Schmerz durch ihren Knöchel, dann packte sie mit beiden Händen einen von Valentins Armen. Sofort legten seine Finger sich wie Stahlkrallen um ihr eigenes Handgelenk.

»Mascha, lass den Zweig los und pack Valentins linken Arm mit beiden Händen.«

Mascha sah sie zweifelnd an, löste aber zögerlich ihre Hand von dem Strauch und umschloss ebenfalls Valentins Arm mit beiden Händen.

»Val. Hör jetzt gut zu. Wir müssen vermeiden, dass du zu irgendeinem Zeitpunkt komplett in der Luft hängst, klar?«

»Klar«, presste er zwischen zwei Atemstößen heraus.

»Du löst erst einen Fuß und presst Fußspitze und Knie gegen den Felsen. Dann den zweiten. Jetzt das Wichtigste: Spann alles an – Beine, Bauch, alles. Dann schaffen wir das.«

Sie blickte zu Mascha. Angst stand in Großbuchstaben in ihren weit aufgerissenen Augen.

Sie verstärkte ihren Griff um Valentins Handgelenk und presste unter Anspannung all ihrer Muskeln ihre Füße in den weichen Boden. »Jetzt!«

Sie spürte den Ruck, als Valentins Fuß sich von dem Vorsprung löste, und zog mit aller Kraft an seinem Arm. Valentin keuchte.

»Zweiter Fuß, jetzt!«

Sein Gewicht zerrte an ihren Armen, während er sich ein paar Zentimeter nach oben stemmte. Nacheinander tasteten sich ihre Finger Valentins Arm hoch, packten ihn am Ellenbogen.

»Mascha! Greif Vals Ellenbogen!«

Mascha ächzte. Ihre Finger krochen seinen Arm entlang, als er plötzlich absackte. Luzie hielt dagegen, doch sein Gewicht zog sie mit ihm. Ihre Füße lösten sich vom Boden, panisch presste sie sie in die weiche Erde zurück, vergebens. Valentin war zu schwer. Zentimeter für Zentimeter schleifte er sie mit sich. Dann stoppte der Zug auf ihren Arm. Sie rammte ihre Füße wieder in den Boden.

»Val«, keuchte sie, »Körperspannung! Versuch's noch mal.«

Von Neuem zogen sie gemeinsam, dann noch einmal, endlich lagen Valentins Unterarme auf dem Waldboden, sein Kopf erschien über dem Rand. Auf Luzies Kommando griffen Mascha und sie wieder um und packten ihn diesmal unter der Achsel.

Zusammen hievten sie ihn über die Kante und zogen ihn aus der Gefahrenzone. Luzie kam auf die Beine und wischte Erde und Fichtennadeln von ihrem Shirt. Neben ihr stand Valentin schwerfällig auf. Die Hände auf die Oberschenkel gestützt, verharrte er in gebückter Haltung, bevor er sich ganz aufrichtete. Mit wackeligen Schritten ging er zu Mascha und umarmte sie. Dann kam er zu ihr und umklammerte sie, als hinge er noch immer über dem Abgrund.

»Danke.«

Sie bemerkte das heftige Schütteln seines Körpers und strich beruhigend über seinen Rücken. Schnelle Schritte näherten sich. Sie drehte ihren Kopf. Basti stürmte atemlos auf sie zu. Sein Blick auf sie und Valentin gerichtet, seine Augen zu Schlitzen verengt.

Schon nach kurzer Zeit merkte Luzie, wie sehr der Sprint in den Wald ihren Fuß belastet hatte. Im Vergleich zu dem ersten Teil des Aufstiegs war der Schmerz jetzt deutlich spürbar, trotz der extra Erholungspause, die sie Valentin und Mascha vor dem Weitermarsch gegönnt hatten. Doch viel mehr als ihr Fuß beunruhigte sie, dass Valentin gestoßen worden war. Von wem? Und warum Valentin? In dem Gespräch, das Mascha belauscht hatte, war von einem Angriff auf sie und ihre Mutter die Rede gewesen. Vorsichtig setzte Luzie den verletzten Fuß auf und verlagerte ihr Gewicht auf den Stock. Wenigstens war es nicht mehr so heiß. Der Himmel hatte sich zugezogen, eine dichte Wolkendecke hing über den Bergen und versteckte die Spitzen der Felsmassive. Bastis Entscheidung, trotz des Vorfalls weiterzugehen, war richtig gewesen. Von den Blaubeerbüschen bis zur Schmugglerhütte war es nicht mehr weit, nur noch gut eine Stunde. Ins Dorf hingegen würden sie mit ihrem verminderten Tempo mindestens fünf Stunden brauchen und selbst wenn die Wolken kein Unwetter mit sich brächten, würden sie auf jeden Fall die letzten Stunden im Dunkeln laufen müssen. Leichte Beute für einen Überraschungsangriff. Unauffällig sah sie sich um. Derjenige, der Valentin gestoßen hatte, konnte noch immer hier sein. Die einzige Erklärung für den Angriff auf Valentin war, dass der Angreifer sie bei der Höhle beobachtet hatte und unter allen Umständen das Geheimnis der Wandmalereien wahren wollte. Und das hieß: Ab jetzt standen sie alle auf seiner Abschussliste.

Nervös ließ sie ihren Blick schweifen. Sie überquerten ein weitläufiges Latschenfeld. Links erhob sich ein schroffes, aber nicht besonders steiles Felsmassiv mit vielen kleinen Höhlen und Ausbuchtungen, das sie umlaufen mussten. Wenigstens waren hier keine Bäume, hinter denen man sich verstecken konnte. Dennoch sollten sie aufpassen. Selbst ohne den Baumschutz gab es hier massenhaft Möglichkeiten, sich unbemerkt auf die Lauer zu legen. Vor allem, wenn der Verfolger nicht hinter, sondern vor ihnen war, weil er wusste, wohin sie unterwegs waren – und das war nicht besonders schwer zu erraten. Von hier gab es nur ein Ziel: die Schmugglerhütte, letzte Station vor dem Schmugglerpfad, der über das Geröllfeld und die Schneefelder bis hoch zur Grenze führte.

Auf einmal nahm sie über sich einen Schatten wahr. Sie sah nach oben und tastete mit ihrem Blick das Felsmassiv ab. Viel loses Gestein, aber für halbwegs geübte Bergsteiger wäre es kein Problem, dort hochzuklettern. Und ein idealer Ort, um sich hinter den zahlreichen Vorsprüngen vor ankommenden Wanderern zu verstecken. Ihr Vater hatte ihr einmal erzählt, dass hier früher oft Räuberbanden den Flüchtlingen aufgelauert hatten, weil sie eine lukrative Beute waren – alles, was sie in ihr neues Leben mitnehmen konnten, trugen sie am Körper. Vor allem Geld und Schmuck.

Über ihr knirschte es. Sie riss den Kopf hoch, brüllte: »Steinschlag!«

Doch ihr Ruf ging in dem Poltern und Knallen der Felsbrocken unter, die die Felswand herabstürzten. Sie hechtete nach vorn, ein Stein traf sie schmerzhaft am Arm, sie drehte sich, versuchte zu erfassen, wo sie sich in Sicherheit bringen konnte, als ein Felsbrocken auf sie zuschoss.

Da riss Basti sie zur Seite, zu Boden, sie rollten bergab und blieben im Schutz der dicken kräftigen Latschenäste liegen.

Das Poltern über ihr wurde schwächer und verebbte. Basti bewegte sich stöhnend. Sie setzte sich auf und fuhr mit den Fingern über ihre Arme, wischte die Erde und Kiesel von ihrer Haut. Etwas Feuchtes klebte an ihren Fingerkuppen. Blut. Es sickerte aus einer Schürfwunde an ihrem Arm. Wenn das außer den unzähligen blauen Flecken, die sie heute Abend mit Sicherheit haben würde, alles war, dann war sie glimpflich davongekommen.

»Verdammt, war das knapp.« Auch Basti hatte sich inzwischen aufgesetzt. Sein Gesicht war schmerzverzerrt, seine linke Schulter hing seltsam nach unten. Sie erkannte sofort, was passiert war.

»Ausgekugelt?«, fragte sie bestürzt.

»Ja«, stöhnte Basti. »Du dachtest doch nicht, wir würden so billig davonkommen, oder?«

Sie berührte vorsichtig seine Schulter. Er zuckte zusammen.

»Kannst du's?«

»Sie einrenken?« Sie verzog zweifelnd den Mund. »Wir waren in dem gleichen Kurs. Theoretisch weiß ich, wie es geht, aber …

ehrlich, ich habe keine Ahnung, wie stark ich ziehen darf. Was, wenn ich es nur noch schlimmer mache?«

»Soll ich so weiterlaufen?« Er bewegte die Schulter und ächzte. »Mann, Luzie, wir haben den Kurs nicht gemacht, damit du im Notfall kneifst. Versuch es.«

Luzie holte sich die Bilder in ihr Gedächtnis, die der Sanitäter in dem Kurs an die Leinwand geworfen hatte. Sie seufzte. So kompliziert hatte es nicht ausgesehen und zur Not konnte Basti ihr Anweisungen geben. Behutsam streifte sie seinen Rucksack ab und richtete ihn flach auf dem Boden aus. Dann half sie Basti, sich so auf den Rucksack zu legen, dass der ausgekugelte Arm über die Kante hing. Sie packte das Handgelenk und zog. Basti stöhnte. Luzie verringerte den Zug, doch Basti schüttelte den Kopf.

»Zieh!«, presste er mühsam hervor. »Fester.«

Sie setzte sich auf den Boden und presste ihren gesunden Fuß gegen seine Achsel, während sie mit aller Kraft an seiner Hand zog. Nach und nach lösten sich die verkrampften Muskeln, bis das Gelenk zurückglitt. Behutsam legte sie seine Hand auf den Bauch und half ihm hoch.

»Geht's?« Sie schulterte den Rucksack, bevor er danach greifen konnte. »Du weißt genau: keine Belastung«, erstickte sie seinen Protest.

»Luzie, Basti?« Maschas Ruf schallte zu ihnen. Wenigstens waren die anderen beiden in Ordnung.

»Wir kommen!« Sie stand auf. Ihr Stock war nirgends zu sehen. Sie humpelte bergauf und nutzte die kräftigen Äste der Latschen als Halt. Mascha kniete vor der Felswand und winkte sie zu sich, neben ihr war Valentin auf dem Boden ausgestreckt. Luzies Herzschlag stockte. Warum lag er noch?

Basti schien die gleiche Frage durch den Kopf geschossen zu sein – er beschleunigte seinen Schritt, trat neben sie und bot ihr die unverletzte Schulter als Stütze. Gemeinsam hasteten sie zu Mascha. Valentin lag reglos am Boden, aus einer Wunde am Kopf lief Blut und zeichnete ein rotes Muster in den Staub.

35

Das Schmelzwasser gluckerte gemächlich durch die Felsen des breiten Bachbettes. Nic setzte sich auf einen der glatten Felsen am Ufer und betrachtete aufmerksam die Gegend. Normalerweise wurde hier bei der Tour zur Schmugglerhütte pausiert. Ein letztes Verschnaufen vor dem steilen Latschenfeld in der prallen Sonne.

War jemand hier gewesen? Toni? Basti? Wenn er wenigstens wüsste, ob er sich wieder umsonst die Hacken müde lief. Unten, bei der Pinäushöhle bis hin zu den Holzwegen, war die Spur klar und frisch gewesen, aber hier …

Er streifte die Schuhe ab und tauchte die Füße ins Wasser. Sogleich zogen sich seine Blutgefäße schmerzhaft zusammen, trotzdem tat das eisige Nass ihm gut. Dann nahm er die Füße heraus und legte sich müde zurück. Die Wolken drückten immer tiefer in den Berg, er sollte schnellstens umdrehen, wenn er im Trockenen und vor allem vor Einbruch der Dunkelheit zurück am Fehlingerlift sein wollte. Abgesehen davon brachten diese ziel- und hirnlosen Touren durch die Berge niemandem etwas. Basti war erwachsen. Mascha ebenso. Er musste endlich aufhören, sich wie der Babysitter der Nation aufzuführen. *Als ob die anderen nicht ohne ihn zurechtkämen … Welchen Beweis brauchst du noch, dass deine Fürsorge nicht erwünscht ist? Wären sie sonst ohne dich los?*

Verärgert schüttelte er den Kopf über sich selbst. Sogar sein

Vater dachte inzwischen, dass er Basti nicht genug Freiraum ließ. Er solle ihm mehr vertrauen. *Ha.* Früher hatte er ihn immer darin bestärkt, ein wachsames Auge auf Basti zu werfen. Verantwortung abwälzen nannte sich das. Und jetzt galt das plötzlich alles nicht mehr?

Basti ist erwachsen. Kapier's.

Nic setzte sich auf. Er verstand es ja. Aber er konnte doch nicht auf Knopfdruck sein achtzehn Jahre lang antrainiertes Verantwortungsgefühl abstellen! Immerhin hatte Basti all die Jahre kräftig daran gearbeitet, dass er ihn für einen völlig durchgeknallten Kamikaze-Chaoten hielt. Nur weil er stark und durchtrainiert war, dachte er, er sei unverwundbar. Sonst würde er nie diesen Free-Running-Irrsinn machen.

Und wenn Basti in das Team der Free-Runner-Worldtour aufgenommen wurde, dann konnte er ohnehin nichts mehr für ihn tun. Doch. Eines. Er konnte darauf achten, dass er niemals die Wahrheit über ihre Mutter erfuhr.

Was alles andere betraf, war es jetzt Zeit, dass er Basti endlich ziehen ließ. Am besten sofort. Zum Beispiel, indem er umdrehte und Basti und seine Freunde machen ließ, was sie für richtig hielten, ohne wie ein Hütehund hinter ihnen herzuschnüffeln.

Schnüffeln. Wie Maschas Mutter.

Warum hatte sie ihm nicht davon erzählt? Er hatte sich sogar noch bei ihr bedankt, als sie ihn vor dem Gerücht über seinen Vater gewarnt hatte, bevor es die Presse spitzkriegte. Dabei war es genau aus der Ecke gekommen! Spätestens da hätte sie ihn aufklären müssen.

Er griff nach seinen Schuhen, als sein Blick auf einen der Felsen fiel. Er stutzte. Was machten die Blumen auf dem Felsen?

Er balancierte von Stein zu Stein, bis er den Felsen erreichte. Mehrere zerknickte Blumen mit rosa Blüten und rauem Stängel lagen einsam und verlassen auf dem breiten, zum Sitzen einladenden Felsen. Er hob sie hoch und zog die Brauen zusammen.

Ungläubig suchte er die anderen Felsen nach weiteren Überbleibseln eines Aufenthaltes ab und entdeckte einen blauen Fleck auf dem Stein daneben. Blaubeeren.

Sie waren hier gewesen. Sie hatten Blumen gepflückt und Blaubeeren gegessen, während er ihnen voller Sorge hinterhergerannt war.

Es reichte. Er machte sich zum absoluten Idioten. Zeit zurückzugehen. Nicht nur vom Berg. Am besten ließ er Finstermoos endgültig hinter sich.

36

Basti beugte sich tiefer über Valentin und fühlte den Puls an seiner Halsschlagader. Erleichtert atmete er auf, dann drehte er den Kopf zu Mascha und Luzie. »Er lebt.«

Er winkte Luzie zu sich. »Hast du Wasser?«

In Windeseile nahm sie den Rucksack ab und zerrte die Wasserflasche aus der Außentasche.

»Und ein Tuch.«

Noch bevor Luzie ihren Rucksack öffnen konnte, riss Mascha sich das Tuch vom Kopf, das sie wie ein Bandana um ihr Haar gewickelt hatte, und reichte es ihm. Er tränkte es mit Wasser und wischte damit vorsichtig über die blutende Wunde an Valentins Stirn. Ein Schnitt, gute fünf Zentimeter, aber nicht allzu tief. Möglicherweise hatte ein scharfkantiger Stein ihn erwischt. Mit etwas Glück hat er ihn nur gestreift. Er wandte sich an Luzie. »Hast du Verbandszeug?«

Anstelle einer Antwort wühlte sie in ihrem Rucksack, während er das Tuch erneut mit Wasser tränkte und Valentin abwechselnd an beide Schläfen hielt. *Komm schon, wach auf!*

Skeptisch beäugte er die Felswand. Ab und zu gab es hier Steinschläge. Aber nicht zu dieser Jahreszeit. Tauwetter war längst vorbei und bis gestern hatte es seit Wochen keine heftigen Niederschläge mehr gegeben. Und das hieß, derjenige, der Valentin vorhin fast ins Jenseits befördert hatte, war wahrscheinlich auch hierfür verantwortlich. Sprich: Solange sie hier standen, präsentierten sie sich diesem Wahnsinnigen auf dem Silbertablett. Sie mussten weg und zwar schleunigst. Aber das ging nur, wenn Valentin wieder auf die Beine kam. Mit seiner verletzten Schulter würde er ihn nicht tragen können. Luzie hatte genug Probleme, sich selbst den Berg hochzuschleppen und Mascha … Sein Blick blieb an ihrer zierlichen Statur hängen.

Da öffnete Valentin die Augen und stöhnte. Glück gehabt.

»Guter Junge.« Basti nahm von Luzie das Verbandszeug entgegen und breitete es auf Valentins Brust aus. »Nicht bewegen.«

Ergeben schloss Valentin die Augen wieder. »Da meint es jemand ziemlich ernst.«

»Mhm«, stimmte Basti ihm zu. »Ich weiß nicht, wem du in die Suppe gespuckt hast, aber offenbar hast du dich mit dem Falschen angelegt.«

»Oder *wir* haben uns mit dem Falschen angelegt«, sagte Luzie. »Das hätte uns alle erwischen können.«

Basti nickte. Es ging längst nicht mehr nur um Mascha und Valentin, Luzie und er hingen inzwischen genauso mit drin.

Er sprühte Wundschutzmittel auf die Wunde und tupfte sie trocken. Dann schob er die Wundränder zusammen, säuberte sie, nahm das Stück Tape, das Luzie bereits vorbereitet hatte, und klebte es auf die zusammengepressten Wundränder. Kaum war er fertig, wickelte Luzie bereits den Verband um Valentins Kopf.

Sie verstanden sich wie immer ohne Worte. Ein eingespieltes Team, ein perfektes Paar. *Jetzt nicht mehr.*

Wie Valentin sich vorhin an Luzie geklammert hatte. Und sie, was tat sie? Anstatt ihn auf Abstand zu halten, streichelte sie ihn auch noch.

Er musterte Valentin. Langsam bekam sein Gesicht wieder etwas Farbe. Mit der unverletzten Hand zog er ihn sachte in die Sitzposition. »Ist dir schwindelig? Oder übel?«

»Ein bisschen.«

Das war schlecht. Wahrscheinlich hatte Valentin eine Gehirnerschütterung und das bedeutete, sie mussten abbrechen. »Gut, Leute, das war's. Wir gehen zurück. Bis ins Dorf kommen wir nicht mehr, aber zur Notunterkunft packen wir es im Hellen. Schaffst du den Weg runter, Val?«

Valentin griff sich an den Kopf. Ächzte. »Ich glaube nicht.«

Mit geschlossenen Augen schüttelte Basti unmerklich seinen Kopf. Genau das hatte er befürchtet. »Dann müssen wir zur Hütte. Das sind nur noch zwanzig Minuten.«

»Und wenn wir uns trennen?«, fragte Luzie. »Ich glaube nicht, dass Valentin in dem Zustand den Weg schafft. Ich könnte mit Valentin zur Hütte und ihr geht runter und holt Hilfe.«

»Kommt nicht infrage!« Er würde auf keinen Fall zulassen, dass Luzie und Valentin allein die Nacht hier oben verbrachten. Ganz abgesehen von dem blöden Kuss hatten sie in diesem Zustand zu zweit keine Chance gegen den Verrückten, der hier tödliche Scharade mit ihnen spielte.

Die zerbrochene Fensterscheibe fiel Basti sofort auf. Er bedeutete den anderen, stehen zu bleiben. Jemand war in die Hütte eingebrochen. Und dieser Jemand war mit an Sicherheit grenzender Wahrscheinlichkeit nicht ihr Freund. Luzie schickte ihm einen fragenden Blick. Er zeigte auf das Fenster. Sie riss die Augen auf und wandte sich erschrocken nach allen Seiten. Offenbar dachte sie das Gleiche wie er.

»Was ist?«, fragte Mascha hinter ihm. »Ist das die Hütte? Die sieht ja wirklich so aus wie auf dem Bild. Nur noch kaputter.«

Die Hütte war tatsächlich in einem erbärmlichen Zustand. Die Löcher im Dach hatten sie letztes Jahr nur notdürftig geflickt, die Wände waren schief und vom Wetter gezeichnet, der einzige Fensterladen, der noch übrig war, hing so krumm in den Angeln, dass er ohnehin nutzlos war, und die kleinen Fenster waren so schmutzig, dass man kaum hinein- oder hinausschauen konnte – mit Ausnahme des Fensters mit der zerbrochenen Scheibe. Aber sie würde ihnen Schutz geben. Er sah zum Himmel. Die vor Kurzem noch watteweißen Regenwolken verfärbten sich bereits bedrohlich grau.

»Gibt es ein Problem?« Jetzt war auch Valentin zu ihnen gestoßen. Er war kreidebleich und wackelte bedenklich. Mascha trat einen Schritt zurück und stützte ihn.

»Kommt schon, Valentin muss sich hinlegen, auf was wartet ihr? So schön ist die Hütte nicht, dass wir sie von der Ferne bewundern müssen.«

»Wir haben Besuch«, sagte Basti leise und zeigte auf das zerbrochene Fenster. »Ich weiß nicht, ob unser Freund da drin schon mit einer Überraschung auf uns wartet.«

Von Valentin kam nur ein Stöhnen. Er war sichtbar am Ende seiner Kraft.

»Bleibt hier stehen. Verstanden?« Basti löste Valentins Rucksack von seiner gesunden Schulter und stellte ihn auf dem Boden ab. Dann lief er zur Rückseite der Hütte. Sein Puls jagte das Blut durch seinen Körper. *Was hast du vor? Was machst du, wenn wirklich jemand in der Hütte ist?*

Jemand, der kein Problem damit hatte, einen Menschen in den Abgrund zu stürzen und einen Steinschlag auszulösen. Er hatte nur einen einsatzfähigen Arm. Auf einen Kampf durfte er es nicht ankommen lassen. Valentin fiel aus, Luzie war mit ihrem Bein zu langsam. Und Mascha? Den Ausläufer des Blitzes gestern schien sie gut weggesteckt zu haben, aber sie war von dem Aufstieg sichtlich erschöpft. Seine einzige Chance war, dem Eindringling Angst zu machen – denn zum Umkehren war es zu spät. In dem Zustand schaffte Valentin den Weg zurück auf keinem Fall.

Im Verschlag müsste die große Axt liegen – falls ihm der Eindringling nicht zuvorgekommen war. Er öffnete die morsche Brettertür des verrotteten Holzschuppens. *Sehr gut.* Die Axt war hier. Er nahm sie heraus und schlich um das Haus herum. Bei den Fenstern duckte er sich, bis er zu dem zerbrochenen kam. Plötzlich knackste und knirschte es unter seinem Fuß. Er kniff die Augen zusammen. *Idiot!* Er hätte sich doch denken können, dass hier die Glasscherben lagen, die der Eindringling aus dem Fensterkitt hatte ziehen müssen, bevor er einsteigen konnte.

Angestrengt lauschte er und schob dann vorsichtig den Kopf auf Fensterhöhe. Er spähte hinein. Auf den ersten Blick wirkte der Innenraum dunkel und verlassen. Trotzdem sah er noch einmal genauer hin. Lag jemand auf einer Pritsche? Versteckte sich jemand unter dem schiefen Tisch oder der Bank?

37

Mascha konzentrierte sich so sehr auf Basti, dass sie das Ausatmen vergaß. Warum starrte er so lange durch dieses Fenster? War jemand in der Hütte? Vielleicht ihre Mutter? Oder der Wahnsinnige?

Dann richtete Basti sich auf und winkte sie zu sich.

Sie stieß die Luft aus. Gut, niemand war in der Hütte. Schlecht. Immer noch kein Lebenszeichen von ihrer Mutter. Das inzwischen so vertraute Gefühl der Ohnmacht überfiel sie. Seit dem Fund des Notizbuchs in der Höhle und den Spuren am Hang dahinter hatten sie nicht einen Hinweis darauf gefunden, wohin ihre Mutter aus der Höhle verschwunden sein konnte.

Sie führte Valentin hinter Luzie zur Hütte. Er zitterte bereits vor Schwäche. Und das alles wegen ihr. Dieser Wahnsinnige hatte es auf sie abgesehen. Die Männer im Kronenhof hatten sich über sie unterhalten, nicht über Valentin. Sie sollte aus dem Weg geräumt werden, nicht er. Sie war auf dem Bild in der Höhle, nicht er. Er war nur derjenige, der alles abbekam.

Wie viel Angst vor Entdeckung musste dieser Mensch haben, dass er nicht davor zurückschreckte, drei Unschuldige mit hineinzuziehen. Der Steinschlag hätte sie alle töten können. Und es hätte wie ein Unfall ausgesehen. Valentins Absturz hätte wie ein Unfall ausgesehen. Wären sie im Lift vom Blitz getroffen worden – es hätte wie ein Unfall ausgesehen. Dieser Wahnsinnige war alles andere als wahnsinnig. Er war sehr, sehr schlau.

An der Tür sperrte Basti das Schloss mit einem riesigen rostigen Schlüssel auf. Die Tür knarzte und klemmte nach wenigen Zentimetern, doch Basti stemmte sich mit dem Rücken dagegen, bis sie nachgab.

Sie trat als Letzte ein. Ihre Augen mussten sich erst an das dämmrige Licht gewöhnen. Der Innenraum war in einem nur geringfügig besseren Zustand als das Äußere der Hütte. Der aufgewirbelte Staub kitzelte sie in der Nase. Sie nieste.

»Gesundheit«, sagte Luzie und schüttelte ihren Rucksack von den Schultern. Mit einem Stöhnen ließ sie sich auf eine schiefe Holzbank plumpsen. »Ich bin so was von im Arsch. Ich geh heute keinen Schritt mehr.«

Mascha brachte Valentin zu einer von vier Pritschen, die den hinteren Teil des Raumes einnahmen. Sie stützte ihn, bis er saß, und half ihm, sich hinzulegen. Ein blutiger Rand zeichnete sich auf seinem Verband ab. Basti sollte sich das noch einmal ansehen, er schien sich mit Erster Hilfe ziemlich gut auszukennen.

Valentin hatte seine Augen bereits geschlossen, er tastete nach ihrer Hand und drückte sie. Seine Lippen formten ein lautloses »Danke«.

Der Arme. Wenn er sich so ähnlich fühlte wie sie nach dem Raftingunfall, dann hatte er eben eine Herkulestat vollbracht.

Sie erwiderte den Händedruck. Er war ein feiner Kerl. Im Laufe der letzten achtundvierzig Stunden waren sie Freunde geworden. Die Art Freunde, die sich niemals im Stich ließen. Sie strich sanft über sein Haar, darauf bedacht, den Verband nicht zu berühren. Sie hatte kein Recht, das Leben ihrer Freunde noch länger zu gefährden. Bei der nächsten Gelegenheit würde sie sich von der Gruppe trennen – oder sich dem Irren stellen.

Leises Schnarchen ertönte von der Pritsche. Sie strich ein letztes Mal über Valentins Haar und stand auf.

Am Tisch gesellte sie sich zu Luzie. Die hatte bereits die Schuhe ausgezogen und den verletzten Fuß auf die Bank gelegt. Der Rucksack lag mit der Öffnung zu ihr auf dem Tisch und sie packte ihn Stück für Stück aus.

»Ein Brot, ein Apfel und zwei Müsliriegel. Mehr gibt meiner nicht her. Was ist mit den anderen?« Sie stopfte die übrigen Sachen wieder in den Rucksack und verstaute ihn neben sich auf der Bank.

Mascha zog ihren Rucksack zu sich und öffnete ihn ebenfalls. Falls sie sich nicht täuschte, hatten sie ihren Proviant bis auf zwei Schokoriegel, die sie nicht essen durfte, und die Blaubeeren, die sie mit Valentin gepflückt hatte, bereits aufgegessen. Sie holte die Blaubeeren und die Schokoriegel heraus und legte sie zu Luzies Essenssachen auf den Tisch. »Hmm.« Luzie schob die Nahrungsmittel zu einem Haufen zusammen. »Dick werden wir davon nicht.«

Zur Antwort knurrte ihr Magen. Luzie lachte. »Ja, das wollte ich auch gerade sagen. Ich könnte einen Wolf fressen. Was ist mit Vals Rucksack?«

Mascha erhob sich und holte ihn. Zwei Schokoriegel und ein Sandwich. Immerhin.

»Verhungern werden wir nicht. Und spätestens morgen Nachmittag sind wir zurück.« Luzies Blick glitt nervös zur Tür. Mascha verstand. *Wenn wir bis dahin noch leben.*

»Wo ist eigentlich Basti?«, fragte sie schnell.

»Er holt Wasser.«

»Allein?« Hektisch sprang sie hoch.

»Der Brunnen ist neben dem Haus, keine Panik. Wenn was ist, hören wir das.«

Sie atmete auf. Ihre Nerven waren völlig am Ende. Da platzte Basti rein.

»Der Brunnen geht nicht. Irgendwas mit dem Zulauf.«

»Kein Wasser?«, fragte Luzie.

»Wir müssen zur Quelle.«

Luzie stöhnte. »Nee, oder?«

»Leider.« Er setzte sich. »Der Tag ist noch nicht vorbei.«

Mascha versuchte, seinen Gesichtsausdruck zu entschlüsseln. Die zusammengepressten Lippen, die gerunzelte Stirn. Vermutete er, dass der Zulauf manipuliert worden war, um einen von ihnen von der Gruppe wegzulocken? Auf Essen konnten sie zur Not verzichten – aber sie brauchten Wasser. So geschickt, wie ihr Verfolger bislang vorgegangen war, konnte das eine perfekt geplante Falle sein.

Mascha prüfte den Keil, den Basti ihr gegeben hatte, um die Tür zu sichern, sobald er draußen war. Insgeheim war sie froh, dass Basti sich für Luzie als Begleitperson entschieden hatte und sie in der Hütte bleiben durfte. Sie war so erschöpft, dass sie sich am liebsten auf der Pritsche neben Valentin ausgestreckt hätte. Aber dafür war es zu früh. Zuerst musste sie die Hütte unter die Lupe nehmen. Sie trat an Valentins Pritsche und kniete sich neben ihn. Sein Atem war gleichmäßig. Das war sicher ein gutes Zeichen.

Beruhigt stand sie auf. Wie duster es in den letzten Minuten geworden war. Als hätte jemand das Licht ausgeknipst. Vielleicht lag es aber auch an den Brettern, die Basti vor das zerbrochene Fenster genagelt hatte, bevor er mit Luzie losgezogen war. Damit sie rechtzeitig hörten, falls jemand sich Zutritt zu der Hütte verschaffen wollte. Sie ging zum intakten Fenster. Es war sagenhaft schmutzig, praktisch blind. Man konnte nur schemenhaft etwas außerhalb der Hütte erkennen. War der Himmel noch grauer geworden oder lag das auch an dem Schmutzfilter?

Sie sollte sich beeilen und das letzte Tageslicht nutzen, um die Hütte zu durchsuchen. Ihre Mutter war versessen darauf gewesen, hierherzukommen, und auf der Höhlenmalerei war sie vor dieser Hütte abgebildet. Hier war unter Garantie der Schlüssel zu dem Rätsel. Sie musste hier Antworten finden! Die Frage war nur, wonach sie suchen sollte und wo.

Ratlos blickte sie sich um. Ein Raum. Vier Pritschen, drei Stühle, eine Bank, ein Tisch, eine Feuerstelle, ein schmaler Schrank. Viele Möglichkeiten ließ ihr das nicht gerade. Sie würde alles durchgehen müssen, alles hochheben, umdrehen, nach Verstecken suchen, doppelten Böden, Nischen, sehen, ob irgendetwas hier ihr eine Antwort geben konnte.

Mascha setzte sich auf die Bank und legte müde ihren Kopf auf der Tischplatte ab. Nichts. Abgesehen von einer knappen Tonne Spinnweben, Staub und toten und noch krabbelnden Insekten hatte ihre Suche absolut nichts zutage gefördert. Hoffentlich kamen Luzie und Basti bald zurück. Das Licht in der Hütte reichte kaum noch, um sich zurechtzufinden, geschweige denn, sich genau umzusehen. Und die Taschenlampe für ihre Suche zu verwenden, wäre unverantwortlich. Sie würden das restliche Licht später noch brauchen. Dann musste die Inspektion der letzten Wand und der Pritschen eben bis morgen warten.

Sehnsüchtig linste sie zum schlafenden Valentin. Sich jetzt ebenfalls hinlegen, das wär's … Seufzend erhob sie sich, löste den Schlafsack von seinem Rucksack und deckte ihn zu.

Wie sie das mit den Schlafsäcken heute Nacht regelten? Nach der Kletteraktion in die Höhle waren nur noch zwei Stück übrig. Wenn Nic da wäre, würde sie sich einen mit ihm teilen. Sich jetzt an ihn zu kuscheln … Sie seufzte erneut. Er wunderte sich sicher, wo sie abblieben. In ihrer Nachricht hatte sie ihm geschrieben, dass sie heute Nachmittag zurück sein würden. Hoffentlich nahm er ihr es nicht übel, dass sie ohne ihn aufgebrochen war. Ihre Erklärung in der Nachricht war gezwungenermaßen etwas knapp ausgefallen. Aber sie hätte kaum das Gespräch erwähnen können, in dem jemand ihr Leben bedroht hatte. Morgen konnte sie ihm alles erklären.

Morgen …

Wenn sie die heutige Nacht überstanden. Sie entknotete die Schnur, mit der Luzies Schlafsack an ihrem Rucksack befestigt war, und breitete ihn auf der Pritsche neben Valentin aus, bevor sie sich darauf ausstreckte. Die Pritsche war genauso hart und unbequem, wie sie aussah. Aber immer noch tausendmal besser als der Steinboden in der Höhle letzte Nacht.

Sie würde sich den Schlafsack mit Luzie teilen – so wie die

Dinge standen, war das die einzige Möglichkeit, wenn man einen Streit zwischen Basti und Valentin vermeiden wollte.

Schon seltsam, dass Basti und Luzie aus ihrer Beziehung so ein Geheimnis machten. Vor ihrer Familie, okay. Solange die Väter sich bekriegten, war das wohl notwendig. Aber was sollte dieses Versteckspiel vor Valentin und ihr? Sie mussten doch wissen, dass Valentin und sie sie nicht verpetzt hätten! Mascha legte die Stirn in Falten. Oder hatte das auch etwas mit dieser Bildergeschichte auf der Höhlenwand zu tun?

Sie starrte an die ungleichmäßige Holzdecke. In dem dämmrigen Licht verschmolzen die einzelnen Bretter zu einer einzigen unebenen, dunklen Fläche. Wie die Höhlendecke. Nur dass von dort der Förster auf sie herabgeblickt hatte. Als Racheengel. Er nahm in dem Bild einen zentralen Platz ein und war mit einem Gewehr bewaffnet, als könnte er über Leben und Tod bestimmen. Der Vater vom Basti stand neben einem Grab.

Vielleicht hatte der Förster ihn in der Hand und deshalb durfte Basti nicht mit Luzie zusammen sein. Weil sein Vater befürchtete, dass der Förster ihn sonst ans Messer lieferte.

Es war so verworren. Die ganze Geschichte. Gerade erst hatte sie Valentin und Luzie kennengelernt, jetzt schienen ihre Leben auf absurde Weise miteinander verwoben zu sein. Wenn sie nur endlich die Erklärung dafür finden könnte.

Sie wickelte sich enger in ihre Strickjacke. Es war kühl geworden. Und noch düsterer. Als hätte Nebel die Hütte eingehüllt und das letzte Sonnenlicht ausgesperrt.

Wo blieben Basti und Luzie? Die Quelle konnte doch nicht so weit entfernt sein!

Endlich Schritte. Sie kamen zurück. Sie lauschte. Keine Stimmen. Keine Schritte mehr. Hatte sie sich verhört? Plötzlich huschte am Fenster ein Schatten vorbei. Ihr Herz klopfte schnell und unregelmäßig.

Wer war das eben gewesen? Basti und Luzie würden nicht wie Einbrecher um die Hütte schleichen.

Ihr Blick klebte gebannt am Fenster. Sie wagte nicht, sich zu bewegen.

Bitte, lass es nicht den Verrückten sein.

38

Wie konnte man so lange brauchen, um den Zulauf zum Brunnen wiederherzustellen? Ungeduldig blickte Basti sich um, die Axt im Anschlag – ihn würde der Irre nicht aus dem Hinterhalt erwischen. Nicht mal in dem Nebel.

Trotzdem waren sie hier ein viel leichteres Ziel als in der Hütte. »Das kann doch nicht so schwer sein!«, zischte er Luzie zu.

»Dann mach's selber!«

Als ob er das nicht würde, wenn er könnte! Aber dazu brauchte man zwei gesunde Arme. Und außerdem war er selbst mit einem Arm noch die bessere Abwehr, falls sie angegriffen würden.

Endlich kraxelte Luzie aus dem schmalen Bachlauf hoch. Ihr T-Shirt und ihre Hose waren patschnass. Anfängerfehler.

»Kannst du auch mal was anderes, als nur an mir rummotzen?«, fauchte sie ihn an.

»Ich motze nicht.«

»Doch, den ganzen Weg hierher, ich bin zu langsam, zu laut, zu ungeschickt. Du hättest ja Mascha mitnehmen können. Ich wäre lieber in der Hütte geblieben – und mein Fuß auch«, fügte sie vorwurfsvoll hinzu.

»Mascha hätte das nicht hinbekommen.«

»Pft!« Sie zog das T-Shirt von ihrem Bauch weg und versuchte, das Wasser auszuwringen. »Wieso nicht? Sie studiert Astrophysik!«

»Eben. Sie ist zu verkopft.« Ein Geräusch schreckte ihn auf. Vergeblich bohrte er seinen Blick in das undurchdringliche Grau um sie herum. Verdammter Nebel. In dem würde er nur mit viel Glück rechtzeitig sehen, wenn jemand kam. Hoffentlich war es weiter unten besser. Sie mussten mitten in einer Wolke stecken. Ideale Voraussetzungen für einen leisen Angreifer, der sie wahrscheinlich schon längst auf dem Schirm hatte. »Willst du mein Shirt?«, flüsterte er.

»Nein danke.«

Sie war sauer. Gut. Er auch.

Sie riss ihm den Stock aus der Hand und marschierte los. Noch langsamer als zuvor. Offenbar bereitete ihr das Abwärtslaufen mehr Schwierigkeiten als das Hochlaufen. Vermutlich hätte Mascha das ebenso gut hinbekommen wie Luzie. Aber die Vorstellung, dass Luzie in der Hütte aufopfernde Krankenschwester für Valentin spielte, während er selbst sich hier draußen um den Brunnen kümmerte, war einfach zu viel gewesen.

Plötzlich blieb sie stehen und drehte sich zu ihm.

»So. Es reicht. Was ist los?«

»Du bist los!«, entfuhr es ihm. »Du und Valentin!«

»Oh Mann!«, stöhnte sie. »Wie oft soll ich dir das noch erklären? Er hat mich geküsst! Bevor ich irgendwas tun konnte, warst du schon zur Stelle!«

»Und vorhin? Er hat dich praktisch zerquetscht und du hast ihn auch noch gestreichelt!« Er schnaubte. Das Bild ging nicht mehr aus seinem Kopf. Er wusste genau, wie ihre Finger sich anfühlten, wenn sie sanft über den Rücken strichen. Das war *sein* Gefühl. Das er mit niemandem teilen wollte. Das schaffte er nicht. Immer zu befürchten, dass sie sich doch für Valentin entschied. Nein, dann lieber gar nicht.

Sein Magen rutschte eine Etage tiefer. *Gar nicht?*

Wenn er Luzie aufgeben sollte, dann musste er weg aus Finstermoos. So weit wie nur möglich. Ein Platz bei der Free-Runner-Worldtour. Das war seine einzige Chance, sie zu vergessen.

Luzie starrte ihn stumm an. Als wüsste sie nicht, was sie sagen sollte. Kein Wunder. Was sollte man sagen, wenn man zweimal an einem Tag in flagranti erwischt wurde?

»Du bist …«, sagte sie da leise, »du bist echt so … so ein gefühlloser Machodepp.«

Gefühlloser Machodepp? Hast du eine Ahnung, was für Gefühle gerade in mir toben!

»Hätte ich Valentin vielleicht wegstoßen sollen? Nachdem er dachte, sein Leben wäre vorbei.« Sie stemmte ihre Arme in die Hüfte. »Er war total fertig. Ausgerechnet du ziehst hier so eine Eifersuchtsnummer ab, ich glaub's nicht! Schon mal was von Vertrauen gehört?«

»Vertrauen?« Sie forderte von ihm Vertrauen ein? »Wer hat denn hier fremdgeküsst?«

»Ach«, sie machte eine wegwerfende Handbewegung und schüttelte verärgert den Kopf. »Mit dir zu reden ist wie einem Elefanten Seilhüpfen beizubringen. Du hast uns doch zu der Malerei geführt und die deutet darauf hin, dass wir Halbgeschwister sind. Für was hältst du Valentin eigentlich? Er hat sich nur deshalb an mich geklammert, weil er in mir den Ersatz für seine verstorbene Schwester sieht. Komm mal runter von deinem Egotrip, dann checkst du vielleicht, dass wir andere Probleme haben.« Sie nahm die Hände von den Hüften und drehte sich wieder um. Doch sie ging nicht weiter, sondern wendete ihren Kopf zu ihm. »Und außerdem, wenn du nach allem, was die letzten Monate gelaufen ist, immer noch nicht schnallst, dass ich dich liebe, dann kann ich dir auch nicht mehr helfen.«

Ohne ihm ein Chance zur Erwiderung zu geben, stürmte sie trotz Humpelfuß davon.

Puh. War seine Eifersucht unangebracht? Nein, das war doch nicht normal, dass seine Freundin vor seinen Augen einen anderen küsste. Andererseits … Es war ein einziges Mal passiert und genau genommen war er nicht ganz unschuldig an der Tatsache, dass Valentin sie geküsst hatte. Ihre Liebe dagegen hatte Luzie ihm schon unzählige Male bewiesen. *Mann! Wie kannst du dich nur so bescheuert benehmen?* Er musste das jetzt geradebiegen. Bevor sie wieder bei den anderen waren. Er stürmte ihr hinterher. Gleich hatten sie die Hütte erreicht.

Plötzlich blieb sie stehen. Er bremste abrupt seinen Lauf.

»Da ist jemand«, flüsterte sie und zeigte zur Hütte

Basti erstarrte. Vor der Tür stand eine hochgewachsene, dunkel gekleidete Gestalt. Er hob die Axt, bereit loszurennen, als die Tür sich öffnete und der Mann in der Hütte verschwand.

7. August – 23:03 Uhr

39

Er ist kein Listenschreiber. Nie gewesen. Woher also kommen die Listen in seinem Kopf? Nic zieht die Gürtelschnalle hart über den Mörtel. Hin und her.

Erste Liste: Die zehn coolsten Actionfilme. Zweite Liste: Die zehn genialsten Gebäude der Welt. Dritte Liste: Die zehn besten Titelsongs. Vierte Liste: Die zehn größten ...

Die Schnalle verhakt sich im Mörtel, seine Hand rutscht ab und die Schnalle fällt klirrend zu Boden. Er bückt sich, tastet den Boden ab und hebt sie auf.

Verdammt gutes Material, so hartnäckig, wie der Mörtel noch immer seinen Platz zwischen den Ziegelsteinen verteidigt.

Hin und her.

Die Schnalle ist härter. Sie wird den Kampf gewinnen.

Sie werden den Kampf gewinnen.

Sie werden es hier raus schaffen und sie werden –

»Ich muss pinkeln.« Valentins Schaben stoppt.

Pinkeln. Trinken. Luft atmen, die nicht nach toter Ratte stinkt. Licht. Essen.

Bedürfnisse.

Sie sind da. Denkt man an sie, werden sie stärker. Verdrängt man sie, werden sie schwächer und vergehen.

»Stell dir eine Liste auf. Die zehn medienwirksamsten Strafmandate der letzten zehn Jahre. Oder: Die langweiligsten zehn Länderspiele der letzten Saison. Oder –«

»Wie hilft mir das beim Pinkeln?«, fragt Valentin ungeduldig. Offenbar drückt es bereits mächtig.

»Du vergisst, dass du musst.« Nic hält die Schnalle in die Luft. Auch Basti hat aufgehört. Kein Kratzen und Schaben. Nur ihr Atmen. Jeder Atemzug ein Atemzug weniger Lebenszeit.

»Vergiss es, ich muss.«

»Dann ...« Bastis Messer bearbeitet wieder die Wand. »Worauf wartest du?«

»Bekomme ich das letzte Streichholz? Ich will nicht vor eure Füße schiffen.«

»Vergiss es!« Wie im Chor platzen Nic und Basti gemeinsam heraus. Das letzte Streichholz? Nein, das werden sie noch brauchen. Das spürt er. Das weiß er. Und Basti auch. Der Moment wird kommen, wenn sie dieses letzte Licht viel, viel dringender brauchen, als um Valentin den Weg zur anderen Seite des Raumes zu zeigen.

Mit einem Murren schlurft Valentin los. Seine langsamen, tastenden Schritte vermischen sich mit dem Schleifgeräusch von Bastis Messer. Nic hebt den Arm, setzt die Schnalle erneut auf dem sturen Mörtel an. Was für ein Material haben die damals benutzt? Wie kann etwas, das schon so alt ist, noch so hart sein?

»Bin ich weit genug von euch entfernt?« Valentins Schlurfen stoppt.

»Woher sollen wir denn wissen, wo du bist?«, ruft Basti. »Geh halt, bis du zur Mauer kommst. Dann ist der Pissgeruch weiter weg.«

Der Pissgeruch weiter weg. Als ob zwei oder drei Meter mehr oder weniger etwas ändern würden. Als ob der Geruch nach Pisse etwas ändern würde. Den Gestank nach toter Ratte kann ohnehin nichts übertünchen. Trotzdem beginnt das Schlurfen erneut. Auch egal. Nic zieht die Schnalle über den Mörtel, spürt, wie sich kleinste Teilchen lösen. Immerhin ist ihre Arbeit nicht ganz umsonst. Er fährt mit dem Finger über die Fuge, fährt weiter, über eine zweite Fuge, eine Fuge, die er nicht bearbeitet hat, spürt den Unterschied. Etwa fünf Millimeter dürfte er inzwischen herausgekratzt haben. Wenn er das mit der Zeit hochrechnet ... Nein, genau das wird er jetzt nicht tun. Er wird einfach weiterkratzen und hoffen. Vielleicht wir der Mörtel zur Mitte hin weicher.

»Wahh?« Ein Aufschrei.

Ruckartig zieht Nic den Arm von der Wand und dreht sich zur Raummitte. Der Schrei kam von Valentin.

»Fuck!«

»Was ist los?« Nic hört die Panik in seiner eigenen Stimme, spürt das schnelle Pochen seines Herzens und kann nicht sagen, warum. Valentin wird sich gestoßen haben. Nichts weiter – was sonst sollte ihn hier zum Schreien bringen?

»Hier ...« Valentins Stimme versagt. Er räuspert sich. »Hier liegt jemand!«

Knie knacksen. Valentin muss in die Hocke gegangen sein. »Scheiße«, tönt es gepresst durch den Raum, »ich glaube, ich weiß jetzt, warum es hier so stinkt. Das muss die Leiche sein.«

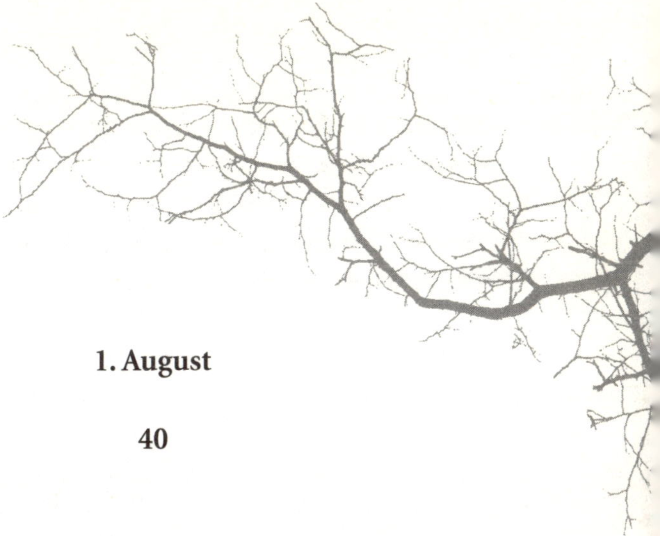

1. August

40

»Nic!«

Ehe er sich's versah, lagen Maschas Arme um seinen Hals. Er spürte die weiche Haut in seinem Nacken, die seidigen Haare an seinem Gesicht und schloss instinktiv die Arme um sie. Ihre Haare rochen nach Rauch. All die Verunsicherung über ihr falsches Spiel löste sich in Nichts auf. Er drückte sie an sich und es fühlte sich gut und richtig an.

»Du weißt gar nicht, wie froh ich bin, dass du hier bist«, murmelte sie in seine Halsbeuge.

Da knallte hinter ihnen die Tür gegen die Wand. Er schnellte herum.

»Ahhh!« Basti schoss auf ihn zu, in der hoch erhobenen Hand eine Axt. Er stoppte, starrte ihn verständnislos an und senkte die Axt, während ein erleichtertes Grinsen sich auf seine Lippen stahl.

»Mann, Brüderchen, was bin ich froh, dich zu sehen!«

»Das merkt man.«

Bastis Grinsen wurde breiter, dann lehnte er die Axt an die Wand, ging zur Tür und pfiff zwei Mal. Kurz darauf trat Luzie in den Raum.

»Nic! Boah, ich bin so froh dich –«

»… zu sehen?«, vollendete er ihren Satz. Er sah von einem

zum anderen, dann fiel sein Blick auf Valentin. Selbst im Dämmerlicht der Hütte konnte er den Verband um seinen Kopf erkennen. »Was ist passiert?«

Basti klopfte ihm auf die Schulter. »Lange Geschichte, komm, Luzie muss sich setzen.«

Wenn nur die Hälfte von dem stimmte, was Basti und Luzie ihm eben in Kurzform erzählt hatten, dann hatten die vier gerade die schlimmsten vierundzwanzig Stunden ihres Lebens hinter sich gebracht. Nic legte seine Müsliriegel zu dem mickerigen Provianthaufen dazu.

Langsam meldete sich der Hunger bei ihm. Kein Wunder, dass sie ihn so euphorisch empfangen hatten. Er brachte zwar nicht die Rettung, aber wenigstens etwas extra Proviant, eine zusätzliche Taschenlampe, einen weiteren Schlafsack und vor allem: ein Satellitentelefon. Nicht zu vergessen sich selbst. Offensichtlich war er der Einzige, der unversehrt war, und damit musste es für Basti eine ziemliche Erleichterung sein, dass er die Verantwortung für seine Gruppe ab sofort mit ihm teilen konnte.

Besonders, was Luzie und Valentin betraf. Zwei Häufchen Elend auf zwei harten Pritschen. Mit dem geschwollenen Fuß würde der Abstieg morgen kein Spaß für sie werden. Und ob Valentin überhaupt laufen konnte, war ohnehin fraglich.

Ob der Angreifer Toni gewesen war? Er warf einen Seitenblick zu Mascha. Sollte er ihnen von seinem Zusammentreffen mit Wolferl erzählen oder lieber erst mit Basti allein darüber reden?

»Du bist also wegen der Blumen darauf gekommen, dass wir in Schwierigkeiten stecken könnten?«, fragte Mascha.

»Beinwell. Das ist mir erst gekommen, als ich schon absteigen wollte. Ich dachte mir, wer pflückt so weit oben Blumen, wenn sie bis unten sowieso welk sind, und lässt sie dann auch noch liegen? Und da ist mir aufgefallen, dass es Beinwell war und jemand die Wurzel abgemacht und die Blumen hat liegen lassen.«

»Und deshalb dachtest du, wir brauchen Hilfe.«

Er lächelte. »So ungefähr.«

Am Tisch sortierte Basti die Schätze, die er in der Zwischenzeit aus seinem Rucksack gefischt hatte.

»Leute! Das wird ein Festmahl! Aber zuerst rufen wir Papa an und sagen ihm, dass uns hier ein Irrer jagt und er Hilfe schicken soll.« Basti schnappte das Satellitentelefon und schaltete es an. Es blieb schwarz. »So ein Mist. Das gibt's doch nicht! Jetzt haben wir das blöde Ding und es funktioniert nicht!« Er warf es missmutig auf den Tisch zurück und deutete mit einem Kopfnicken auf Valentin. »Wenn es ihm morgen nicht deutlich besser geht, haben wir echt ein Problem.«

Nick sah ebenfalls zu Valentin. Er lag wie tot auf seiner Pritsche, der Verband stach in der fast dunklen Hütte hell heraus. »Dann müssen wir zwei eben runter und Hilfe holen.«

Basti schüttelte den Kopf. »Und der Irre? Wir können die drei nicht alleinlassen! Uns bleibt nur zu hoffen, dass Papa sich wundert, wo wir bleiben, und die Bergwacht losschickt.«

»Unwahrscheinlich. Papa scheint davon auszugehen, dass du erst morgen Abend zurückkommst.« Nic senkte den Kopf über das Telefon. Hoffentlich fragte Basti nicht nach, warum ihr Vater das dachte. Jetzt war nicht der passende Moment, um ihn darüber zu informieren, dass ihr Vater über seine heimliche Beziehung mit Luzie Bescheid wusste. Er nahm den Akku heraus und legte ihn wieder ein, doch es blieb weiterhin schwarz. »Abgesehen davon übernachten wir vier Tage in den Bergen, wenn wir die Survivalkurse leiten. Dass du zurechtkommst, weiß er.«

»Im Gegensatz zu dir«, warf Basti ein.

Nic spürte, wie er errötete. Auf frischer Tat ertappt. Nic, die Glucke. »Ich …«

Basti boxte ihn in den Arm und zwinkerte. »Passt schon. Gut, dass du da bist. Danke.«

»Ihr hättet mir ja auch eine Nachricht hinterlassen können!«, lenkte er schnell ab. »Ganz ehrlich. Ich bin mir echt verarscht vorgekommen.« Er wandte sich an Mascha. »Ich renn mir die Hacken nach deiner Mutter wund und ihr haut einfach ab. Die feine Art war das nicht gerade.«

»Wie? Ich habe dir doch eine Nachricht hinterlassen!« Mascha setzte sich kerzengerade auf. »Im Kronenhof.«

»Warum denn dort?«, fragte Nic verwundert.

»Na, weil wir dachten, dass du zum Kronenhof kommst und mir sagst, was los ist. Außerdem wollte Basti nicht, dass euer Vater spannt, dass wir zu viert unterwegs sind.«

»Das hat wohl nicht so ganz geklappt.« Nic schüttelte den Kopf und gleichzeitig stahl sich ein Lächeln auf seine Lippen. Dann waren sie also gar nicht einfach losgestiefelt, ohne ihn mit einzubeziehen. Eine Nachricht im Kronenhof! Darauf hätte er auch kommen können. »Würde mich ja interessieren, ob der Krailinger das gewusst hat. Ich hab die ganze Nacht mit ihm verbracht.«

»Du hast was?«, rief Basti.

Nic grinste. »Ich hab auch ein bisschen was zu erzählen. Aber zuerst holen wir Holz. Wenn wir jetzt nicht die Beinwellwurzeln auskochen, kommt Luzie morgen nicht mehr in ihren Schuh rein.«

Nic nahm die Axt in beide Hände und hielt sie schräg vor der Brust. Sollte Toni hier herumschleichen, würde er sich hoffentlich davon abschrecken lassen. Mit einem Ruck entfernte Basti den Keil von der Tür und öffnete sie. Angespannt ging Nic an ihm vorbei und spähte hinaus. Der Bodennebel war dichter geworden, wie Rauchschwaden zog er sich durch das Dämmerlicht und verbarg die Gipfel der gegenüberliegenden Alpen. Er lauschte dem Krächzen einer Bergkrähe, dem Plätschern des Quellwassers, das den Brunnen versorgte. Kein Knirschen von Schuhen auf dem kiesigen Weg, kein Rascheln im Gras, nur das leise Säuseln des Windes.

Entschlossen schritt er nach draußen.

»Schieb den Keil wieder unter die Tür«, wies hinter ihm Basti Mascha an, dann schlug die Tür zu und sie standen allein im Nebel. Im Rücken die verschlossene Hütte, vor ihnen die Nebelwand, aus der Toni, oder wer Valentins Angreifer auch gewesen sein mochte, sie jederzeit anspringen konnte. Toni hatte eine Axt dabei und er wusste damit umzugehen wie kein Zweiter. Nics Finger umklammerten den Axtstiel, langsam setzte er einen Fuß vor den anderen. Wachsam beobachtete er den Nebel, als Basti ihn anstieß.

»Also, was ist los?«, flüsterte Basti.

Überrascht blieb er stehen. »Wie meinst du?«

Basti legte den Finger an den Mund. Er verstand. Flüstern. Falls sie nicht allein waren.

»Nicht stehen bleiben.« Basti ging weiter, sein Kopf bewegte sich aufmerksam von einer Seite zur anderen. »Was hast du vorhin verschwiegen? Weißt du, wer hinter uns her ist?«

»Wissen ist zu viel gesagt, aber Toni ist weg und Wolferl hat Angst um Val …« Er bemerkte den bestürzten Ausdruck in Bastis Gesicht.

Basti kniff Augen und Mund zu einem Saure-Zitronen-Gesicht zusammen. »Oh Mann!«, stöhnte er dann. »Val hat eine Zeichnung vom Toni geklaut. Die beweist, dass der Förster seinen Vater in die Baugrube gestoßen hat.«

Nic verschlug es die Sprache. Luzies Vater? Dann hatte Krailinger die Wahrheit gesagt. Nach all den Jahren war Becker dem Förster noch immer ein Dorn im Auge. Und zwar ein gewaltiger.

»Luzies Vater hat auch Vals Bremsen sabotiert.«

Wahnsinn. Jetzt verstand er Naomis Panik. Wie weit würde Luzies Vater noch gehen? Vielleicht hatte er ja Valentin den Stoß versetzt, der ihn fast sein Leben gekostet hätte. Nie hätte er geglaubt, dass jemand aus Finstermoos, einer von ihnen, so weit gehen würde.

Am Verschlag gab er Basti die Axt. Mit seiner verletzten Schulter konnte der die Holzscheite nicht von oben herausziehen. Nic stellte sich vor den Stapel und schichtete mehrere Scheite in den an zwei Seiten offenen Holzkorb. »Warum hast du mir das mit dem Förster nicht schon vorhin erzählt? Soll Mascha das nicht wissen?«

»Sie weiß es. Luzie soll es nicht erfahren.«

Er unterbrach das Stapeln und richtete sich auf. »Bist du wahnsinnig?«, zischte er. »Es geht um ihren Vater, sie muss das wissen!«

»Willst du's ihr sagen?«

Nic füllte stumm den Korb und hob ihn dann auf. »Ich finde, sie hat ein Recht darauf, und wenn du dich nicht traust, sag ich's ihr. Obwohl sie es besser von dir erfahren sollte. Immerhin bist du ihr Freund.«

»Ich mich nicht trauen?« Bastis Stimme schwoll an. »Jetzt mal langsam. Wir wollten nur erst mit dem Becker und Papa darüber sprechen. Wenn die das mit dem Förster klären, warum dann Luzie aufscheuchen? Wir haben dir doch von dem Bild in der Höhle erzählt. So wie ihre Eltern da abgebildet sind … Da müssen wir nicht noch einen draufsetzen.«

Er ging los. Der Korb zog schwer an seinem Arm. So etwas

würde nicht nur Luzie hart treffen. Das ginge ihm genauso. Wenn er sich vorstellte, sein Vater hätte jemanden umbringen wollen oder zumindest schwer verletzt … Nein, unmöglich.

»Und übrigens«, setzte Basti nach, »Luzie und ich haben uns gestritten. Ich glaube, es ist Schluss. Sie hält mich für einen egoistischen Machodeppen.«

»Das k…« Er verhaspelte sich und hustete. »Was Besseres hattet ihr bei dem Irrsinn heute nicht zu tun?«

»Sie hat Valentin geküsst.«

Oh. Er kannte Basti gut genug, um die Verletzung aus seiner Stimme herauszuhören. Aber das würde ihm nicht helfen. Wenn er Luzie liebte, musste er um sie kämpfen, statt sich beleidigt zurückzuziehen. »Das kannst du ihr wohl kaum verübeln.«

Basti stoppte abrupt. »Hast du 'n Rad ab?«

Nic blieb neben ihm stehen und senkte seine Stimme. »Was erwartest du eigentlich von ihr? Mensch, merkst du nicht, wie sehr Luzie unter eurem bescheuerten Versteckspiel leidet? Ganz abgesehen davon ist das sowieso total umson–« Er hielt inne. Starrte in den Nebel. »Hast du auch eben etwas flitzen sehen?«

41

Mit ihrem Handtuch und einem T-Shirt bewaffnet kniete Mascha sich vor die Feuerstelle. Alle Asche raus, hatte Bastis Auftrag gelautet. Das konnte wohl nicht so schwer sein. Sie leuchtete in den offenen Kamin und stupste die herabhängende Eisenvorrichtung an, auf die man den Topf zum Kochen stellte. Knarzend schaukelte sie ein paarmal hin und her. So ähnlich hatte der Kamin in der Blockhütte funktioniert, in der sie mit ihrer Mutter gewesen war. *Mama. Geht es dir gut?* Wenn sie nur wüsste, wo sie jetzt war. Hatte der Irre, der hinter ihr her war, auch sie gejagt? Ihr Brustkorb wurde eng. Wenn sie wenigstens einen Hinweis hätte, wenigstens, ob sie hier gewesen war!

Sie breitete das Handtuch vor dem Kamin aus, bückte sich tiefer und wischte mit dem T-Shirt die Asche auf das Handtuch. Aschestaub wirbelte auf und verfing sich in ihrer Nase. Sie nieste und wischte sich mit dem Ärmel über das Gesicht. So eine Schweinerei. Sie wartete, bis der Staub sich gelegt hatte, und schob die nächste Ladung auf das Handtuch – diesmal allerdings drehte sie zuerst den Kopf weg.

Mit angehaltenem Atem schlug sie das Handtuch über die Asche und schob es zur Seite. Dann leuchtete sie von Neuem in die Kaminöffnung. So richtig sauber war das nicht, aber es sollte reichen. Sie stutzte.

Etwas Helles hing ganz im Eck zwischen zwei Steinen. Sie lehnte sich in die Öffnung und holte es heraus. Ein halb verkohlter Zettel. Sie drehte ihn um und erstarrte. Ihre Hände begannen zu zittern. Und mit ihnen der verkohlte Papierfetzen, den sie hielten. *Oh mein Gott!* Tränen schossen in ihre Augen.

Die Handschrift ihrer Mutter. Sie war hier gewesen!

In der Gemeinde d
Ohne die Zustimm
Unwägbares Risiko
mit tödlicher Kon
in der Irregularität

Sie lief zu den Pritschen, sah, dass Luzie und Valentin schliefen, rannte dann zur Tür, entfernte den Keil und riss sie auf.

»Nic! Basti!«, rief sie in den Nebel. Sie trat vor die Hütte und rief erneut.

Sekunden später hörte sie bereits jemanden auf die Hütte zulaufen, ohne jedoch etwas zu erkennen. Die Schritte näherten sich, Mascha lief auf sie zu, endlich kristallisierte sich eine Kontur aus dem Nebel. Siedend heiß fiel ihr Bastis Mahnung ein: *Auf keinen Fall die Tür öffnen, bis sie zurück waren!* Hastig hechtete sie zurück zur Hütte, als eine Hand sie an der Schulter packte. Sie schrie auf.

»Was ist los?«

Nic! Erleichtert blieb sie stehen, doch er schob sie eilig in die Hütte.

»Meine … Meine Mutter.« Mascha hielt ihm den Papierfetzen vor das Gesicht.

»Ein Papier? Das ist alles? Mensch, Mascha! Weißt du, wie du uns erschreckt hast?« Basti polterte hinter Nic in die Hütte und verrammelte die Tür.

»Was ist mit deiner Mutter?«, fragte Nic, noch immer atemlos.

»Das ist ihre Handschrift.«

Er nahm ihr den Fetzen ab. Sie zeigte auf die wenigen noch lesbaren Zeilen.

»Bist du sicher?«, fragte er zweifelnd. »Viel steht da nicht drauf.«

Sie nickte. Ganz sicher. Sie kannte die ausladenden Gs ihrer Mutter, die schwungvollen Rs. Der Wortschatz. *Irregularität. Unwägbar*. Ein echtes Mama-Wort. In ihren Artikeln war immer alles unwägbar. Sie spürte Nics Arm um ihre Schultern.

»Das muss nichts Schlimmes bedeuten«, sagte er tröstend. »Vielleicht ist sie hier gewesen. Gestern ist mir als Erstes das zerbrochene Fenster aufgefallen. Deine Mutter könnte in der Hütte übernachtet haben.«

Sie nickte. Ja, das könnte sie, aber wo war sie dann hingegangen? Wieder schnürte sich ihr Brustkorb zu. Warum hatte sie ihre eigenen Notizen verbrannt? Waren sie so brisant, dass sie sie vernichtet hatte, um sie vor anderen zu schützen? Damit niemand sie fände, falls ihr auf dem Weg etwas zustieß?

»Könnte das eine der herausgerissenen Seiten aus ihrem Notizbuch sein?«, fragte Basti.

»Könnte. Der Fetzen ist nicht groß genug, um die Papiergröße zu erkennen. Aber es ist liniert, wie in ihrem Notizbuch.«

»Hast du sonst irgendwas von ihr gefunden?«

Sie schüttelte den Kopf. Nichts hier hatte auf einen Aufenthalt ihrer Mutter hingedeutet. Aber dieser Papierschnipsel, der war von ihrer Mutter.

»Das sagt doch nichts aus«, warf Basti ein. »Warum sollte ihre Mutter hier etwas liegen lassen? Sie hat sicher nicht vor, zurückzukommen – falls sie hier gewesen ist.«

»Und deine Mutter –« Nic brach mitten im Satz ab. »Egal.« Er legte den Papierfetzen auf den Tisch. »Wir können jetzt nichts tun. Lass uns morgen die Umgebung absuchen.«

Er wandte sich an Basti. »Holen wir das Holz rein?«

Sie verließen die Hütte und verschwanden wieder im dichten Nebel. So dicht wie der Nebel um das Geheimnis, dem ihre Mutter ganz offenbar auf der Spur war.

42

Luzie schob die Kerze näher an das Blatt, auf dem sie die erste der beiden Wandmalereien auf die Schnelle skizziert hatte, und musterte es kritisch. Hatte sie etwas vergessen? Die Gesichter waren nur angerissen und die Stimmung war nicht so düster wie beim Original, aber die Szene war erkennbar. Ihre Mutter und Valentins Vater. Im Streit um ein ungeborenes Baby.

Da rückte Basti näher an sie heran und linste über ihre Schulter. Seine Hand fuhr über ihren Rücken und blieb auf ihrem Schulterblatt liegen. Sie verharrte regungslos. Wollte er ihr zeigen, dass er ihr verziehen hatte, oder wollte er sie trösten, weil er merkte, wie sehr diese Zeichnung sie mitnahm? Egal. Seine Nähe fühlte sich gut an. Sie rückte ein paar Millimeter näher zu ihm, spürte seine Wärme und pinnte ihre Augen auf die Skizze ihrer Mutter.

Sie war ihr einziges Kind. Was also bedeutete der Babybauch? Dass Valentins Vater auch ihrer war? Dass ihre Mutter abgetrieben und Valentins Vater das bezahlt hatte? Nein. Ihre Mutter war absolute Abtreibungsgegnerin. Für kein Geld der Welt hätte sie das getan.

»Nach wem oder was reckt sie sich?«, fragte Basti und zeigte auf den nach oben gestreckten Arm ihrer Mutter.

Jetzt setzten sich auch Mascha und Nic an den Tisch und beugten sich neugierig über die Zeichnung. »Nach Gott? Oder … nach deinem Vater?« Mascha zögerte. »Wäre es möglich, dass dein Vater … ähem, eingesprungen ist?«

»Du meinst, er hat meine Mutter geheiratet, als sie schwanger war, damit sie das Kind behalten konnte?« Sie spürte, wie ihr heiß wurde. Nein, sie wollte nicht das Kind eines anderen sein.

»Nur eine Möglichkeit«, warf Mascha schnell ein. »Sie könnte es auch zur Adoption freigegeben haben.«

»Und keiner weiß davon?« Basti schüttelte den Kopf. »In Finstermoos? Und außerdem, was soll dann das Geld?«

»Schweigegeld?«, schlug Mascha vor und lehnte sich ein Stück zurück, wobei Nics und ihre Schultern sich wie zufällig berührten. »Ich hab den Namen Becker oft genug in der Zeitung gelesen«, fuhr Mascha fort. »Das hätte ein Festessen für die Presse gegeben. Oder«, sagte sie nachdenklich und ihr Finger fuhr dabei von Luzies Mutter zu der Madonnenfigur mit dem Kind im Arm. »Oder sie hat das Baby heimlich zur Welt gebracht und es ist dabei gestorben. Das würde die Madonnenfigur erklären und das Kreuz auf der Brust des Babys. Vielleicht bist das gar nicht du, Basti. Meine Mutter hat mal für einen Artikel recherchiert, wo es um ein Ritual ging –«

»Deine Mutter …«, rief Nic dazwischen.

»… ist Journalistin. Schlimm?«

»N…nein. Aber ich dachte …« Er schnaubte. »Egal. Was war mit dem Ritual?«

»Früher, als die Kindersterblichkeit noch sehr groß war, gab es eine Gegend, in der sie den Babys, wenn sie gestorben sind, bevor sie getauft werden konnten, ein umgedrehtes Kreuz in die Haut geritzt haben. Irgendwas wegen dem Teufel … Wie war das noch gleich? Ich glaube, damit er denkt, er hätte sie schon geholt und sie in Ruhe lässt, wenn sie in ungeweihter Erde begraben wurden.«

»Du meinst …«, begann Luzie und verstummte. Sie spürte Bastis Finger, die nach ihrer Hand suchten. Sie musste den Satz nicht vollenden. Sie alle wussten, was sie nicht auszusprechen wagte: Dass ihre Mutter das Baby in Beckers Baugrube vergraben hatte.

43

»Wie geht's dem Kopf?« Nic half Valentin, sich aufzurichten. Er war blass und seine Augen hatten dunkle Schatten, ihm musste hundeelend zumute sein. Aufmunternd hielt Nic ihm die Wasserflasche hin.

»Geht schon.« Valentin trank ein paar Schlucke und legte sich so vorsichtig auf die Pritsche zurück, als transportiere sein

Kopf explosives Gefahrengut. Der Verband war an einer Stelle durchgeblutet. Nic winkte Basti zu sich. »Wechselst du den Verband?«

Basti nickte. Er zog sich die Stirnlampe über den Kopf und kam mit dem Erste-Hilfe-Set zur Pritsche. Als hätten sie sich abgesprochen, erhob Luzie sich ebenfalls. Mit einer Hand angelte sie sich eine Taschenlampe vom Tisch, mit der anderen griff sie nach ihrem Stock.

»Dann geh ich mal für kleine Mädchen.«

»Nicht allein!«, rief Basti und Nic erhob sich, noch bevor Basti ihm ein Zeichen machen konnte.

»Bin schon da.« Nic schnappte sich die zweite Taschenlampe und die Axt und öffnete die Tür. Der Nebel war lichter geworden, dafür hatte die Nacht den einsamen Ort schwarz angemalt. Das Kerzenlicht in der Hütte war außer ihren Taschenlampen die einzige Lichtquelle, selbst der Mond versteckte sich hinter einer dichten Wolkendecke. Er richtete den Strahl seiner Taschenlampe geradeaus, während Luzie so nervös in alle Richtungen leuchtete, als wartete sie nur darauf, dass jemand aus der Finsternis auf sie zusprang.

»Deine Batterie ist fast leer.« Er kreuzte ihren Lichtstrahl mit seinem. »Siehst du den Unterschied? Meine leuchtet richtig weiß, deine ist nur noch eine Funzel.«

Als hätten seine Worte ihre Lampe beleidigt, erlosch sie.

»Das war ja klar, so ein Mist.« Sie schüttelte die Lampe, das Licht flackerte und erlosch erneut.

»Halb so schlimm, meine geht ja.« Er richtete seine Lampe nach vorn und schon tauchte das windschiefe Plumpsklo im Licht auf. Da raschelte es. Er griff nach ihrem Arm und stoppte sie. »Pst. Hast du das gehört?«, flüsterte er.

»Nein«, hauchte sie zurück.

Er leuchtete einmal rundum. Ein Fels tauchte in seinem

Lichtstrahl auf, die fensterlose Rückseite der Hütte, die Steilwand, sonst nichts. Er lauschte. »Alles gut.«

Still liefen sie weiter, bis sie das Klohäuschen erreicht hatten.

»Willst du die Lampe mit rein nehmen oder soll ich sie draußen behalten?«

»Behalt sie ruhig, zum Pinkeln brauche ich kein Licht.«

Sie streckte den Arm nach der Tür aus, als ein Vogel einen Warnschrei ausstieß. Ruckartig zog sie die Hand zurück, als hätte sie sich erschrocken.

Er öffnete die vom Wind und Wetter glattpolierte Tür und leuchtete das Häuschen aus. Es war leer. »Kommst du zurecht?«

Sie nickte, betrat das Häuschen und zog die Tür hinter sich zu. Er stellte sich wie ein Leibwächter davor und lauschte auf die Nachtgeräusche. Hier ein Rascheln, da der Wind, der die Bohlen der Hütte knurren ließ, dort der Ruf eines Käuzchens. Er packte die Axt fester.

»Bin gleich so weit«, rief Luzie. Ihre Stimme klang hektisch und gepresst zugleich. Sie musste sich ebenso unwohl fühlen wie er selbst. Ein Poltern. Ein kurzer Fluch. »Alles in Ordnung?«, fragte Nic.

»Kannst du mal mit der Lampe durch die Ritzen leuchten? Ich sehe gar nichts.«

Er drehte sich zum Häuschen und hielt die Lampe auf die unregelmäßigen Ritzen zwischen den morschen Holzbrettern.

»So besser?« Er brachte die Lampe näher an die Wand.

»Super, danke«, sagte sie laut, als etwas hinter ihm auf den Boden krachte. Ein kräftiger Schlag ins Kreuz schleuderte ihn gegen die Tür, dann traf ihn etwas Hartes am Kopf. Er schrie auf, wollte sich drehen, doch ein Tritt in die Kniekehlen zwang ihn in die Knie. Er riss den Arm mit der Axt hoch und drosch blind nach hinten, als ihn der nächste Tritt in die Seite traf und ihm die Taschenlampe aus der Hand schlug. Klackernd rollte sie über den steinigen Weg. Er rappelte sich hoch, die Axt immer in Bewegung. Hinter ihm schrie Luzie panisch seinen Namen, vor ihm der Angreifer war stumm und unsichtbar mit der Dunkelheit verschmolzen. Wie konnte er in dieser Finsternis sehen, wo er hintreten musste? Die Axt sauste unkontrolliert durch die Luft. Sie in Bewegung zu halten, war seine einzige Chance. Da knallte die Tür in seinen Rücken und stieß ihn nach vorn. Er verlor das Gleichgewicht, stolperte. Die Axt fiel ihm aus der Hand, keine Sekunde später spürte er einen enormen Schlag gegen seinen Brustkorb. Ächzend fiel er gegen die Tür und sackte zusammen.

44

»Hast du das gehört?« Basti sprang wie von der Tarantel gestochen von Valentins Pritsche hoch. Er lauschte.

Wieder gellte ein Schrei durch die Nacht. »Nic!«

Luzie!

Er stürzte zur Tür, als Mascha ihn aufhielt. »Warte! Du kannst da nicht so raus! Du brauchst eine Waffe!«

Verdammt! Nic hatte die Axt mitgenommen.

»Irgendwo in dem Schrank muss ein Messer sein«, rief Mascha. Sie nahm die Kerze vom Tisch und lief zum Schrank.

»Der Stuhl!«, rief Valentin von seiner Pritsche aus. Er hatte sich aufgesetzt, sah jedoch aus, als würde er jeden Moment wieder umkippen.

Basti packte einen der wackeligen Stühle, schleuderte ihn in die Luft und knallte ihn mit voller Wucht auf den Boden. Wie erwartet brach ein Bein ab. Er grabschte danach und sprintete zur Tür hinaus.

»Luzie! Nic!« Mit dem Stuhlbein in der Hand rannte er im Licht der Stirnlampe zum Plumpsklo, alle Sinne geschärft. Dass Luzie geschrien hatte, konnte nur eines bedeuten: Sie waren angegriffen worden und der Angreifer hatte Nic überwältigt und konnte sich jederzeit aus der Finsternis auf ihn stürzen. Er bog rechts zum Klohäuschen ab. Es lag in völliger Finsternis, unschuldig und friedlich, als hätte er sich den Schrei nur eingebildet.

Wo waren Luzie und Nic? Sein Herz hämmerte, er nahm den Knüppel in beide Hände, bereit zuzuschlagen. Wer ihn kriegen wollte, würde sich auf einen erbitterten Kampf einlassen müssen. Er verlangsamte seinen Schritt, schwenkte seinen Kopf von links nach rechts und zurück, um dem Angreifer möglichst wenig Raum für einen Überraschungsangriff zu lassen. Da hörte er ein Geräusch.

Ein Knarzen.

Im Lichtschein eine Gestalt. Sie öffnete die Tür des Klohäuschens. Er schwang den Knüppel über seinen Kopf, dann raste er auf sie los.

»Aaaaaah!«

»Basti?«

Er ließ den Knüppel sinken.

»Nic? Wo ist Luzie? Warum hat sie geschrien?«

Jetzt trat auch Luzie heraus. Sie zitterte am ganzen Leib.

»Er … hat mich … niedergeschlagen«, stammelte Nic. »Er … hat meine Taschenlampe … und die Axt.«

Basti packte Luzie an der Hand. Sie mussten zurück in die Hütte. Sofort. Bevor der Angreifer dort eindrang und endlich sein Ziel erreichte: Mascha und Valentin.

»Schnell!« Er legte seinen Arm um Luzies Hüfte und lief mit ihr so rasch sie humpeln konnte. Seine Sinne waren so wach, als hätte er sich einen zehnfachen Espresso in die Blutbahn gespritzt. Er nahm jedes Rascheln, jedes Knarzen des baufälligen

Daches wahr. Ein Geräusch fehlte. Er drehte sich um. Wo blieb Nic?

»Nic! Komm jetzt!«

Schwerfällig setzte sich Nic in Bewegung. Basti ließ Luzie los. »Schaffst du es ohne Hilfe?«

»Geht schon!«

Er lief zu Nic zurück, griff nach seiner Hand. Sie war feucht. Er zerrte ihn mit sich. Nic ließ es willig geschehen, stolperte ihm unbeholfen nach. Wieder bei Luzie, streckte er die Hand mit dem Stuhlbein nach ihr aus. »Nimm den Knüppel!«

Dann legte er erneut seinen Arm um ihre Hüfte und stürmte weiter. Keinen der beiden würde er loslassen. Um keinen Preis. Der Zug von Nics Arm auf seine verletzte Schulter war schier unerträglich. Es fühlte sich an, als kugelte sie gerade wieder aus. Er biss die Zähne zusammen. Gleich vorbei.

Die Tür der Hütte war verschlossen.

»Mascha!«, brüllte er. »Wir sind es! Mach auf!«

Sofort öffnete sich die Tür, erst einen Spalt, Maschas Kopf erschien, dann riss sie die Tür ganz auf. Hinter ihr stand Valentin, totenbleich, über seinem Kopf ein zittriges Stuhlbein in Angriffshaltung.

Kaum waren sie drin, schmetterte Mascha die Tür ins Schloss und quetschte den Keil darunter.

»Mein Gott!«, rief sie. »Nic, du blutest ja!«

45

Es hörte sich wirklich an wie das Flüstern der Toten. Basti ließ seinen Blick aufmerksam durch den Raum schweifen. Die Kerze warf flackernde Schatten, die im Rhythmus des durch die

Ritzen kriechenden Windes unruhig an der Wand tanzten. Aber Tote konnten nicht flüstern und das säuselnde Flüstern kam vom Wind, der sich seinen Weg durch die Holzbalken bahnte. So leise, dass man sich dessen nur bewusst wurde, wenn absolute Stille herrschte. Wie jetzt, wo alle schliefen, außer ihm. Sein Blick wanderte zu den Pritschen. Valentin lag kerzengerade, die Arme beiderseits nah am Körper ausgestreckt. Luzie dagegen hatte sich wie ein Embryo seitlich zusammengerollt, ihr Gesicht war zur Raummitte gedreht, sodass er die Konturen erkennen konnte.

Wie sehr er ihr Gesicht liebte.

Wie hatte er sich nur so blöde benehmen können. Nic hatte es auf den Punkt gebracht. Hatte er bei all dem, was heute geschehen war, nichts Besseres zu tun, als diesem dummen Kuss solch eine Bedeutung zuzumessen? Ganz abgesehen davon, dass er tatsächlich an der ganzen Sache Mitschuld trug. Er hätte Luzie spätestens gestern Abend im Lift die Wahrheit sagen müssen. Vielleicht hätten sie gemeinsam eine Lösung gefunden, bevor alles explodierte und sie nun alle in Lebensgefahr schwebten.

All das hier hätte er ihnen ersparen können. Er hätte ihnen nicht die Wandmalerei zeigen müssen und sie wären nicht hier hochgelaufen.

Hätte, wäre, wenn. Als ob das jetzt noch etwas brachte.

Trotzdem würde er es ihr sagen.

Morgen.

Er würde ihr von seinem Gespräch mit seinem Vater erzählen. Von seiner Angst. Von dem Waffenstillstand, der zwischen ihren Vätern herrschte, solange sein Vater dafür sorgte, dass seine Söhne sich von ihr fernhielten. Von dem Gespräch zwischen seinem Vater und Naomi, nachdem er und Luzie sich trotzdem angefreundet hatten. Von ihrem Plan, diese Freundschaft zu vereiteln. Nur deswegen hatten sie sie unter der Woche ins Internat geschickt. Nur deshalb verbrachte sie seitdem fast ihre gesamte Freizeit bei den Mosbichls, während seine Freizeit mit Übungsstunden an der Kletterwand und Ausdauertraining vollgestopft wurde, bis er endlich alt genug gewesen war, bei *Off Limits* mitzuhelfen.

Er löste seine Augen von ihrem Gesicht und legte das vorletzte Scheit ins Feuer. Erstaunlich, wie gut ihr Plan geklappt hatte. Eigentlich so lange, bis Naomi nicht mehr mitgespielt hatte, weil sie sich nicht länger zwischen das stellen wollte, was sie als »gutes Recht der Kinder« bezeichnete: ihre Freundschaft.

Ein Gähnen überfiel ihn. Er brauchte dringend Schlaf, aber einer von ihnen musste Wache halten. Er stand auf und vertrat sich die Beine, lief die Fenster ab und spähte hinaus.

Schwarz. Schwarz. Schwarz.

Er ging an den Pritschen vorbei zum Feuer zurück. Sein Blick fiel auf Nic und Mascha und kurz blitzte Neid in ihm auf. Wie sie dalagen. Beide zur gleichen Seite gewandt, Nic dicht hinter ihr, sein Arm um sie geschlungen, als wären sie seit Lebzeiten ein Paar. Dabei war ihm bis heute nicht einmal bewusst gewesen, dass sie eines waren.

So konnte eine Liebe auch aussehen. Unkompliziert und ehrlich. Man liebte sich. Umarmte sich. Stand dazu. Wobei … Ohne die Schlafsackknappheit hätte es vielleicht ein wenig länger gedauert, bis Nic und Mascha so aneinandergeschmiegt auf einer Pritsche landeten.

Er setzte sich und starrte ins Feuer, als ein Geräusch ihn hochschreckte. Er sprang auf, packte den Knüppel und nahm die Tür in seinen Blick.

»Bin nur ich«, sagte Nic. Er hatte sich von der Pritsche erhoben und kam auf ihn zu, während er mit einer Hand an dem Verband an seinem Kopf zupfte. »Wachablösung.«

»Geht schon.«

»Es geht nicht ›schon‹. Du brauchst auch Schlaf. Wir haben einen heftigen Tag vor uns.«

»Hast recht.« Basti seufzte. An den morgigen Tag wollte er gar nicht denken.

»Ich glaube eh nicht, dass der Irre heute noch mal zuschlägt.« Nic setzte sich zu ihm und streckte seine Beine aus. »Er muss ein Nachtsichtgerät haben, sonst hätte der nicht so gezielt treten können. Sprich, er hätte uns problemlos fertigmachen können. Hat er aber nicht. Das heißt, er war weder hinter mir noch hinter Luzie her.«

»Und?« Basti senkte seine ohnehin schon gedämpfte Stimme. »Was schließt du daraus?«

Nic zuckte mit den Schultern. »Der Förster?«, flüsterte er. »Und als er Luzies Stimme gehört hat, ist er abgehauen?«

»Meinst du wirklich, dazu wäre er fähig?«, flüsterte Basti zurück.

»Immerhin hat er Val und seinem Vater ganz schön eine mitgegeben.«

Das stimmte natürlich, aber bei dem Steinschlag hätte es fast seine eigene Tochter erwischt. Wäre er das Risiko eingegangen? *Falls sie seine Tochter war.*

»Was«, fuhr Nic ultraleise fort und seine Augen wanderten zu Luzie, »wenn er euch gefolgt ist und auch einen Blick in die Höhle geworfen hat? Und sich jetzt seine eigenen Gedanken zu den Bildern macht?«

Basti nickte zustimmend. Nic dachte also das Gleiche wie er. Allerdings gab es auch hier einen Haken.

»Wenn er das nicht selber gemalt hat«, warf er leise ein.

Nick stöhnte. »Ich geb auf. Zu viele Unbekannte in diesem Scheißspiel.« Er zeigte auf Bastis Schultertuch. »Das sitzt zu locker. Soll ich es dir fester machen?«

Den Arm wieder fest an seinen Brustkorb gebunden, schlenderte Basti zu den Pritschen. Vier Pritschen. Drei waren belegt. Er hatte die Wahl: Er konnte sich auf die freie legen und mit seiner Jacke zudecken. Es war nicht sehr kalt, die Jacke würde reichen. Oder er konnte sich an Luzie kuscheln, die sich mittlerweile mit dem Gesicht zur Wand gedreht hatte.

Wenn sie das zuließ. Und das würde er nur herausfinden, wenn er es ausprobierte und in Kauf nahm, eine Abfuhr zu kassieren.

Er ging an ihrer Pritsche vorbei und blieb vor der leeren stehen.

»Pssst!«

Er wandte seinen Kopf zu Nic. Nic verdrehte die Augen und zeigte auf Luzie.

Basti blies sich eine Strähne aus der Stirn. Gut. Wer nicht wagt, der nicht gewinnt.

Er schlich zu Luzies Pritsche zurück und legte sich so sachte und behutsam neben sie, als bestünde die Pritsche aus rohen Eiern. Er lupfte den zur Decke geöffneten Schlafsack und schlüpfte mit darunter. Selbst durch ihre Jeans und ihr Shirt spürte er ihre Wärme und roch den vertrauten Pfirsichduft ihrer Haut und ihrer Haare. Er drehte sich vorsichtig zur Seite, platzierte die Schulter so, dass er darauf liegen konnte, und drängte sich näher an sie, ohne sie jedoch zu berühren. Er lauschte ihrem Atem und spürte das Kitzeln ihrer Haare auf seinem Gesicht.

Sollte er seinen Arm um sie legen? Sie an sich ziehen, wie er es schon hundertmal getan hatte?

Da bewegte sie sich. Er hielt den Atem an. Machte sich stocksteif. Würde sie von ihm abrücken?

Ihr Arm tastete nach hinten, über seinen Arm, seine Hand. Dann griff sie seine Hand, zog sie vor und legte seinen Arm um ihren Körper. Er rutschte näher an sie, passte seine Beine der Kuhle ihrer angewinkelten Beine an und presste seinen Bauch an ihren Rücken, während er sie mit seinem gesunden Arm umklammerte.

»Luzie, ich …«, flüsterte er.

»Ich weiß.«

2. August

46

Endlich krochen die ersten Sonnenstrahlen durch die blinden Scheiben. Nic gähnte. Horchte. Valentins unregelmäßige Schnarchlaute waren verstummt. Er drehte sich um. Valentin saß am Rand, die Hände auf die Pritsche gestützt, sein Kopf zu Luzie und Basti gewandt. Er schien seinen Blick gar nicht mehr von den beiden lösen zu können. Basti lag hinter Luzie, sein Arm um ihren Körper geschlungen. Genau so hatte er vor ein paar Stunden noch bei Mascha gelegen. Ein eigentümliches Gefühl meldete sich in seinem Magen. Am liebsten hätte er sich wieder zu ihr gekuschelt. Solange sie noch schlief und er das tun konnte, ohne dass eine peinliche Situation entstand. Sie waren noch überhaupt nicht so weit. Nichts zwischen ihnen war je ausgesprochen worden und doch war es gestern Nacht selbstverständlich gewesen, dass sie sich eine Pritsche und einen Schlafsack geteilt hatten.

Aber das war gestern Nacht gewesen und gestern Nacht hatten die Ereignisse alle Logik, alle Regeln und alle Vernunft ausgehebelt.

Er stand auf, ging zu Valentin und berührte ihn leicht an der Schulter. »Tut mir leid, Kumpel. Muss hart für dich sein.«

Langsam bewegte Valentin seinen Kopf zu ihm. »Ist wahrscheinlich besser so.«

Das war es vielleicht in Anbetracht der Umstände. Für Valentin würde es das jedoch nicht leichter machen. Liebeskummer tat weh. Niemand, der je daran gelitten hatte, würde das leugnen.

»Komm mit, ich muss mit dir reden.«

»Erst muss ich mal wohin.« Valentin erhob sich ächzend, griff an seine Stirn.

»Aber nicht draußen.« Er zeigte auf einen Topf in der hintersten Ecke des Raumes und grinste. »Willkommen in den guten alten Zeiten.«

Als Valentin sich wenig später zu ihm setzte, reichte er ihm einen Müsliriegel. »Iss was. Du brauchst Kraft für den Abstieg.«

»Ich glaube nicht, dass ich die Strecke schaffe.«

»Du hast gar keine Wahl.« Nic machte eine Pause und beobachtete, wie Valentin zaghaft in den Müsliriegel biss, nur ein winziges Eckchen, als traute er seinem Magen nicht. Dann noch eines und noch eines und letztlich nahm er einen großen Bissen und kaute genüsslich darauf herum. Dann war der Riegel weg. Ein gutes Zeichen. Nic fischte einen zweiten vom Tisch. Gestern Abend hatte Valentin als Einziger nichts gegessen und dass er sich so schlapp fühlte, war sicherlich auch darauf zurückzuführen. »Ich hab gar nicht gemerkt, was für einen Hunger ich hatte. Hast du noch einen?«

Nic gab ihm den zweiten. »Hör mal, Basti hat mir von deinem Besuch bei den Mosbichls erzählt. Kannst du dir vorstellen, wie die herausgefunden haben könnten, dass du das warst?«

Valentin hielt erschrocken im Kauen inne. »Her…herausgefunden?« Er schluckte laut. »Wie meinst du das?«

»Der Toni ist hinter dir her. Er denkt wohl, du hast seine Zeichnungen gemopst.«

Die wenige Gesichtsfarbe, die gerade in Valentins Wangen zurückgekehrt war, verabschiedete sich wieder. »Das war Toni?«

»Möglich. Also, denk nach. Kannst du dir vorstellen, was dich verraten hat?«

Valentin faltete die Hände wie zum Gebet vor seiner Nase. Nic sah, wie es in ihm arbeitete, der Blick nachdenklich auf den Boden gerichtet. Dann hob Valentin den Kopf.

»Der blöde Köter hat mir einen Fetzen aus der Hose gerissen.«

»Und?« Nic runzelte die Stirn. Die Jeans, die Valentin meist trug, waren nicht so ungewöhnlich, dass man von einem Stofffetzen ausgerechnet auf seine Hose schließen könnte.

»Sie haben mein Auto, verstehst du? Rasputin wird völlig ausgetickt sein, als sie mit dem Auto kamen. Und nachdem sie den Einbruch entdeckt haben, müssen die dem nur den Stofffetzen gegeben haben, dann hat der sie zu meinem Auto geführt. Wer weiß, vielleicht hat er ja sogar das Versteck gefunden, in dem die Zeichnungen liegen.«

Das Frühstück war kärglich. Nic war froh, dass er Valentin die zwei Müsliriegel schon vorab gegeben hatte, denn hätte der gesehen, wie wenig jeder von ihnen zugeteilt bekam, hätte er sie nie angenommen. Sein Körper brauchte die Nahrung jedoch am dringendsten von ihnen allen, um den Abstieg zu meistern. Hier auf Hilfe zu warten, wie Valentin vorgeschlagen hatte, war unsinnig, und das hatte er den anderen eben auch deutlich gemacht. Sie hatten kaum mehr etwas zu essen und nur noch eine Taschenlampe und ihr Vater würde frühestens morgen Hilfe losschicken. Auf keinen Fall würde er die Bergwacht alarmieren, solange er davon ausging, dass Basti den Ausflug bis zur letzten Minute auskostete, um heimlich mit Luzie zusammen sein zu können. Und Valentins Vater hatte im Krankenhaus wahrscheinlich noch gar nicht mitbekommen, dass etwas nicht stimmte.

»Halt mal«, brach Basti das bedrückte Schweigen. »Willst du damit sagen, Papa weiß über Luzie und mich Bescheid?«

»Ja.« Nic presste seine Lippen zusammen. Er konnte an Bastis bestürztem Gesichtsausdruck genau ablesen, was in seinem Kopf vorging. So hatte er es ihm nicht mitteilen wollen. Aber wie sonst sollte er den anderen klarmachen, dass niemand in Finstermoos wegen ihnen den Notstand ausrufen würde – zumal er jetzt auch noch bei ihnen war. »Ich glaube nicht, dass er sauer auf dich ist. Aber vor heute Abend wird er sich keine Sorgen machen. Wenn er also die Bergwacht alarmiert, dann frühestens morgen.«

»Und meine Mutter wird sich mit eurem Vater absprechen. Sie weiß nämlich, dass ich mit Basti, Valentin und Mascha unterwegs bin. Und sie wird nichts tun, um meinen Vater in Alarmbereitschaft zu versetzen.«

Nic wechselte einen Blick mit Basti. Er verneinte lautlos seine ungestellte Frage. Also gut, er würde Luzie jetzt nicht darüber informieren, dass ihr Vater längst weit über jede Alarmbereitschaft hinaus war. Auch wenn das nicht in Ordnung war.

»Was schlägst du dann vor?«, fragte Luzie. »Absteigen? Und was ist mit dem Irren da draußen?«

»Wir trennen uns.«

»Bist du verrückt?«, rief Luzie, doch Basti nickte ihm bejahend zu. Er hatte offenbar genau verstanden, worauf er hinaus wollte.

»Ist er nicht«, sagte Basti und nahm Luzies Hand. »Alles, was bisher passiert ist, hätte wie ein Unfall ausgesehen und niemand hätte weitere Fragen gestellt.«

»Aber wenn wir uns trennen, kann er nur eine Gruppe erwischen und muss davon ausgehen, dass die andere Gruppe Alarm schlägt und den Unfall als Vorsatz enttarnt.«

Valentin nickte nun ebenfalls zustimmend. »Clever.«

»Meine Hoffnung ist, dass er es sich unter diesen Umständen zweimal überlegt, ob er das Risiko eingehen will. Und ich glaube, das ist unsere beste Chance.« Nic sah in die Runde. »Wer ist dafür?«

Alle hoben die Hand.

»Dann ist das beschlossen.« Er erhob sich. Sie würden Val und Mascha trennen müssen – die beiden schienen das Hauptziel des Angreifers zu sein. Eine Gruppe würde den gleichen Weg zurück nehmen, den sie hochgelaufen waren, die andere über den Gletscher in die Schweiz absteigen. Angst kroch kalt seinen Rücken hoch. Was, wenn es die falsche Entscheidung war und es eine Gruppe nicht schaffte?

47

Mascha balancierte das Messer auf ihrem Handteller und schaute unschlüssig auf den abgenutzten Griff. Was glaubte Nic damit ausrichten zu können? Gestern hatte er eine Axt dabei gehabt und war mit einer Kopfverletzung in die Hütte zurückgekehrt. »Erst mal dient das nur der Abschreckung«, sagte Nic und nahm das Messer von ihrem Handteller.

»Ich bastle schnell eine Hülle, dann geht es los.«

Kopfschüttelnd sah sie ihm nach, als er sich damit an den Tisch setzte und Bastis Erste-Hilfe-Set öffnete. Gab es irgendetwas, was die beiden Schranners nicht konnten? Sie sollte sich dringend zu einem dieser Survivalkurse anmelden.

»Ist euer Rucksack fertig?« Luzie verschloss ihren Rucksack. Er sah praktisch leer aus. Mascha hob ihn hoch. Er *war* praktisch leer. Zwei Schokoriegel und das Erste-Hilfe-Set.

»Wozu schleppt ihr den überhaupt mit?«

»Da kommen noch unsere Regenjacken rein.« Luzie nahm ihn ihr ab. »Und die Wasserflaschen, wenn wir sie aufgefüllt haben.«

Mascha hob ihren Rucksack hoch. Genau genommen war es Bastis, da er deutlich besser zu tragen war als ihr eigener. Er war ziemlich schwer, obwohl auch sie nur das Allernötigste mitnahmen: zwei Schlafsäcke, falls sie eine weitere Nacht am Berg verbringen mussten, ihre Strickjacke, zwei Müsliriegel und das letzte Brot, Luzies Erste-Hilfe-Set, Bastis Notfallpack, Valentins Stirnlampe und ein altes Seil, das Nic im Schrank gefunden hatte und das deutlich mehr wog als der ganze Rest zusammen. Sie ging zu dem Haufen mit den Dingen, die sie zurückließen, zog ihren Waschbeutel hervor und nahm ihre Schmerztabletten heraus. Damit setzte sie sich zu Valentin auf die Pritsche. »Hier. Die habe ich noch aus dem Krankenhaus. Nimm zwei, bevor ihr aufbrecht. Das hilft gegen die Kopfschmerzen.«

Dankbar nahm Valentin sie ihr ab. »Mein Kopf platzt gleich.«

»Hast du auch Angst?«

»Ist das schlimm?« Sein Blick wanderte zu Basti und Nic, die gemeinsam am Tisch über der Messerhülle tüftelten. »Wenn ich die beiden so sehe, fühle ich mich wie die totale Memme. Kein Wunder, dass Luzie …«

Sie legte ihre Hand auf seinen Arm. »Unsinn. Darf ich dich daran erinnern, wie du in den Fluss gesprungen bist, um mich zu retten? Das macht doch keine Memme!«

»Ach, das war doch nichts.«

»Nichts?« Sie schüttelte den Kopf. »Für mich war es der Unterschied zwischen leben und nicht leben.«

»Du weißt, was ich gemeint habe.«

»Ja, und das ist genauso bescheuert. Ich habe dir schon einmal gesagt, dass ich dich für einen verdammt coolen Typen halte. Wenn alle die gleichen Stärken hätten, wäre das ziemlich öde.«

»Aber –«

»Wenn du jetzt sagst, du hast keine«, schnitt sie ihm das Wort ab und hob drohend die Hand, »hau ich dir auf den Kopf.«

Ein Grinsen stahl sich auf seine Lippen. »Danke.« Er zeigte zum Tisch und das Grinsen verschwand. »Ich glaube, es wird ernst.«

Nic und Basti kamen auf sie zu. Angst stieg in ihr hoch. Es wurde wirklich ernst. Sie würden hinausgehen. Obwohl sie wussten, dass dort jemand auf sie wartete, der vor nichts zurückschreckte.

»Pass auf dich auf.« Mascha drückte Valentin einen Kuss auf die Wange. »Ich hab noch viel vor mit dir in Berlin.«

Dann umarmte sie Luzie. »Danke. Für alles.«

»Wir sehen uns. Und, he, bring mir ja meine Schuhe wieder!« Luzie zwinkerte ihr zu, doch Mascha spürte, dass es nur ein schwacher Versuch war, ihre Nervosität zu überspielen.

Als Letzten umarmte sie Basti. »Führ sie heil runter, ja?«, flüsterte sie.

Er tippte sich an sein Käppi. »Aye, aye, Sir. Pass du auf meinen Bruder auf. Der soll sich auf den Weg konzentrieren und nicht turteln.«

»Versprochen.«

Sie stellten sich vor die noch geschlossene Tür, alle außer ihr mit einem Stuhlbein bewaffnet. Dann zog Basti den Keil weg und öffnete sie. Ihr wurde vor Aufregung übel. Sie spürte Valentins Hand, der ihre kurz drückte und dann mit dem Daumen nach oben zeigte. Ja, sie würden es schaffen. Alle fünf. Weil es so sein musste und weil sie sonst nicht mit dem Wissen leben könnte, dass sie die anderen in diese Situation gebracht hatte.

Basti und Nic traten als Erste hinaus. Mascha wartete auf ihr Zeichen, dann eilte sie zusammen mit Valentin zum Brunnen, während die anderen sich wie ein Schutzschild um sie aufstellten, genau so, wie sie es besprochen hatten – falls der Irre dort einen Hinterhalt plante: an dem Ort, von dem er wusste, dass sie ihn aufsuchen mussten, um ihre Wasserflaschen zu füllen. Kaum waren die Flaschen gefüllt, stoben sie im Laufschritt in gegensätzliche Richtungen davon. Sie warf einen letzten Blick zurück, bunkerte einen Schnappschuss des Bildes in ihrem Gedächtnis. Luzie humpelte voran, sie sollte das Tempo bestimmen, Valentin in der Mitte, weil er der Gefährdetste war, und Basti mit dem Rucksack als Nachhut.

Mit jedem Schritt wuchs die Qual. Mascha biss die Zähne zusammen. *Du wirst dich jetzt nicht von einer Blase schlagen lassen. Es ist nur eine alberne, jämmerliche Blase.* Sie veränderte ihren Tritt. Das Geröllfeld zog sich schier unendlich in die Länge. Links und rechts zerklüftete Felsformationen. Sie betrachtete prüfend die Felsen. Ein großer Vogel saß auf einer vorstehenden Spitze. Er flog hoch und krähte wütend, als hätten sie seine Ruhe gestört. Etwas Ruhe wäre genau das, was sie jetzt dringend bräuchte. Eine Pause, ein Pflaster, ein aufmunterndes Wort, ein Gefühl von Sicherheit, wie gestern Nacht, als Nic sie so selbstverständlich in seinem Arm gehalten hatte. Unverwandt starrte sie auf seine Füße, wie er es ihr empfohlen hatte, wenn sie müde wurde. Ein Schritt. Noch ein Schritt. *Autsch.* Seit zwei Stunden liefen sie jetzt und Nic hatte keine drei Sätze gesagt. Er war hoch konzentriert, sie merkte ihm das an, aber es war nicht nur das. Er wusste offensichtlich genauso wenig mit der Situation umzugehen wie sie selbst. Waren sie nun zusammen? Oder nicht?

Er hatte sie im Arm gehalten. Aber sie hatten sich noch nie geküsst. Und gestern, als sie gesagt hatte, dass ihre Mutter Journalistin war, hatte er mehr als merkwürdig reagiert. Ihr Herz zog sich zusammen. Ihre Mutter. Sie durfte nicht an sie denken. Nicht zu wissen, wo sie war und wie es ihr ging, und nichts tun zu können, war unerträglich. Sie mussten es nach unten schaffen und die Bergwacht losschicken.

Plötzlich streifte sie ein Schatten. Sie fuhr herum. Hörte ein Krächzen. Der Vogel ließ sich majestätisch auf einem Felsen nieder.

»Was ist?« Nic war stehen geblieben.

»Nur ein Vogel.« Sie schloss zu ihm auf.

»Was ist mit deinem Fuß?«

»Nichts, geht schon.«

»Du humpelst. Hast du dir eine Blase gelaufen?«

Sie nickte. Er blickte wachsam um sich und führte sie dann ein Stück weiter in die Mitte des Geröllfeldes.

»Hier sind wir am sichersten.« Er nahm seinen Rucksack herunter und packte das Erste-Hilfe-Set aus.

»Zieh den Stiefel aus. So hat das keinen Sinn.«

Sie öffnete den Schuh und streifte ihn ab. Ein Schmerzenslaut entfuhr ihr. Die Socke war hinten bereits durchgeblutet.

»Oh, Mascha! Warum hast du mir nicht längst Bescheid gesagt?«

»Es hat nicht so wehgetan«, log sie und erkannte an seinem Blick, dass er ihr nicht glaubte.

Schweigend verarztete er ihre Ferse. Sie zog Socke und Schuh wieder an und wollte aufstehen, als er sie am Arm griff und sie behutsam auf den Stein zurückzog.

»Wenn wir das hier gemeinsam überstehen wollen, müssen wir ehrlich miteinander sein. Und ich fange am besten jetzt damit an.« Er holte tief Luft. »Ich wusste, dass deine Mutter Journalistin ist, und ich dachte, du hättest das verschwiegen, weil du uns aushorchen wolltest. Das … Es tut mir leid, dass ich dir so was zugetraut habe. Meine einzige Entschuldigung ist, dass ich nicht verstanden habe, warum ihr loszieht, während ich noch unterwegs bin und ihr überhaupt nicht wisst, was Sache ist.«

Sie war sprachlos. Das hatte er von ihr gedacht? Und trotzdem hatte er sie nicht weggestoßen oder zur Rede gestellt, als sie ihm gestern nach seiner Ankunft um den Hals gefallen war. Im Gegenteil, er hatte sie festgehalten und es hatte sich wunderbar angefühlt. Was war er nur für ein besonderer Mensch.

Er lächelte bekümmert. »Bist du mir böse?«

Böse? Zeitgleich standen sie auf. Sie verlor sich in seinen klaren blauen Augen, die in dem südländischen Gesicht so fehl am Platz wirkten und genau deshalb eine solche Faszination auf sie ausübten. Er war wirklich die Orchidee im Tulpenbeet.

Wortlos schlang sie ihre Arme um seinen Hals und küsste ihn. Sie spürte die Verunsicherung, die ihn einen Bruchteil einer Sekunde zögern ließ, bevor er sie an sich drückte und ihren Kuss erwiderte. Sie drängte sich an ihn und für einen kurzen Moment existierten nur Nic und sie. Dann löste sie sich von ihm.

»Beantwortet das deine Frage?«

Er nickte und suchte erneut ihre Lippen, als über ihnen wieder ein Vogel krächzte, vielleicht auch zwei oder drei. Nic hob seinen Kopf und sah ihnen nach, die Stirn gerunzelt.

»Was ist?«, fragte sie.

»Etwas hat die Vögel aufgeschreckt.«

Um sie herrschte erneut völlige Stille. Das Geröllfeld war links und rechts begrenzt von abweisenden, steilen Felsformationen, die wahrscheinlich selbst Basti Probleme bereiten würden. Dort konnte sich niemand verstecken. Wäre der Angreifer hier, müssten sie ihn sehen. Wieder ertönte das Schimpfen der Vögel, es wurde immer vielstimmiger, bedrohlich niedrig flogen sie direkt auf sie zu, gerade, als wären sie ein Feind, der vertrieben werden müsste.

Er nahm ihre Hand. »Lass uns näher zum Rand gehen, mir gefällt das nicht.«

Plötzlich krachte es über ihnen. Von oben raste eine Steinlawine auf sie zu, Staub und Lärm, ohrenbetäubendes Rumpeln und Poltern und Donnern. Nic riss sie mit sich. Sie sprangen über das lose Geröll, Steine flogen durch die Luft wie Granatsplitter, schlugen überall um sie herum auf. Einer streifte sie am Arm, sie schrie auf, rannte noch schneller, spürte einen heftigen Schlag gegen ihre Wade, dann begann der ganze Boden unter ihr zu rutschen.

Ein heftiger Ruck an ihrem Arm schleuderte sie in die Luft und sie landete unsanft auf einem Vorsprung der seitlichen Bergwand. Nics Hand umklammerte ihren Oberarm wie ein Schraubstock. Er zerrte sie weiter, sprang von Fels zu Fels und blieb erst stehen, als er einen Platz gefunden hatte, der ihnen ausreichend Schutz gegen Querschläger bot.

Fassungslos beobachtete sie das Naturschauspiel, die Hände auf ihre Ohren gepresst, um den Lärm der tobenden Steine zu ertragen.

Dann war es wieder still. Nur vereinzelt das Klackern eines Nachzüglers, schließlich verstummte auch das.

Einen Moment standen beide nur da.

»War das …?« Mascha drehte sich zu Nic.

»Er?«

Sie nickte.

»Ich weiß es nicht.« Er starrte angestrengt in die staubgeschwängerte Luft, seine Haltung so angespannt, als erwarte er jeden Moment, dass ihr Verfolger sich aus dem Staubnebel lösen würde.

48

Valentins Beine knickten einfach ein. Es geschah so schnell, dass Basti nur durch einen Hechtsprung nach vorn Valentins Sturz verhindern konnte. Der Ruck an den Armen schoss schmerzhaft durch seine Schulter.

»Au!« Er hievte Valentin auf die Beine zurück und stützte ihn, so gut es ging. Trotzdem knickte Valentin wieder ein, diesmal jedoch war er darauf vorbereitet und stemmte sich gegen ihn.

»Sorry«, sagte Valentin, »ich kann nicht mehr.«

»Dreißig Schritte, dann sind wir am Bachbett. Da machen wir Pause.« Er stellte sich neben ihn und legte Valentins linken Arm über seine gesunde Schulter. »Wir schaffen das. Sprich mit mir, das lenkt dich ab.«

»Mir fällt nichts ein.«

Basti legte seinen Arm um Valentins Körpermitte und presste mit seiner Hüfte gegen ihn, um sein Gewicht besser abzufangen.

»Gut. Dann hör mir zu.«

»Mhm.«

»Das mit Luzie –«

»Schon gut«, fiel Valentin ihm ins Wort.

»Nein, es ist nicht gut. Wir sind Freunde und ich hätte dir mehr vertrauen müssen.«

»Du musst gar nichts«, sagte Valentin knapp.

Basti seufzte. Er hatte es verbockt und Valentin war zu Recht sauer auf ihn. Die einzige Chance, die er noch hatte, war, die Wahrheit zu erzählen. Ihm und Luzie, auch wenn er seinem Vater geschworen hatte, nicht darüber zu reden. Mit niemandem, ganz besonders nicht mit Luzie.

Sie erreichten das Bachbett. Luzie zeigte auf einen Schattenplatz unter einem Überhang, der vom Wald her schlecht einsehbar war. Dort wären sie gut geschützt. »Fünf Schritte noch, dann hast du es geschafft.«

»Geschafft haben wir es, wenn wir unten sind.« Mit einem Seufzer lehnte Valentin sich an der Böschung hinter ihm an. Seine Augen waren schon geschlossen, bevor der Kopf die erdige Stütze erreichte.

Kurz darauf kam Luzie mit einer frisch gefüllten Flasche Wasser vom Bachrand zu ihnen.

»Wie es den anderen wohl geht?«, fragte sie und er spürte in sich die Unruhe aufsteigen, die er seit Stunden zu unterdrücken versuchte.

»Ich hoffe, gut. Sie müssten bald das Schneefeld erreichen.«

Er lehnte sich neben Valentin an die Böschung und spähte in die Umgebung. Alles wirkte unglaublich friedlich. Vom Wald schallte fröhliches Vogelgezwitscher zu ihnen, der Bach plätscherte so regelmäßig wie ein Schweizer Uhrwerk. Nirgendwo ein Zeichen, dass ihnen jemand auflauerte. Nur – blieben sie von einem Angriff verschont, traf es wahrscheinlich Nic und Mascha. Sein Herz verkrampfte sich. Er hätte Nic vorhin sagen sollen, dass er der weltbeste Bruder war.

Er trank einen Schluck und reichte die Flasche an Valentin weiter. »Augen auf, Val, du musst was trinken.«

Mühsam hob Valentin die Augenlider, erst eines, dann das zweite, und griff nach der Flasche.

»Und essen«, sagte Luzie. »Ein Riegel für dich, einer für Basti und mich. Keine Widerrede.« Sie drückte ihm einen Schokoriegel in die Hand. Ergeben aß er ihn, langsam und mit geschlossenen Augen.

Basti drückte seinen Rücken durch. *Jetzt oder nie.*

»Ähm … Ich würde euch gern etwas erklären.«

»Ich hoffe, es ist das, was ich seit Monaten hören will«, sagte Luzie mit vollem Mund.

»Es wird dir nicht gefallen.«

»Überlass das mir.«

Er zuckte mit den Schultern. Jetzt gab es ohnehin keinen Weg mehr zurück. *Sorry, Dad.* »Als mein Vater mitbekommen hat, dass zwischen uns was läuft, hat er hohl gedreht. Ich musste ihm schwören, dich fallen zu lassen –«

»Ha! Spinnt der?«, rief Luzie dazwischen.

Basti schüttelte den Kopf. »Er spinnt nicht, er hat Angst.«

»Angst?«, fragte Luzie ungläubig.

»Angst«, wiederholte er. »Vor deinem Vater.«

»Pft. Also …« Sie kräuselte empört die Nase. »Das ist doch –«

»Kannst du mich bitte ausreden lassen?«

»Ts.«

»Zwischen unseren Vätern herrscht ein Waffenstillstand und der gilt nur, solange mein Vater Nic und mich von dir fernhält.« Er hob beschwichtigend die Hand, als Luzie erneut zum Protest ausholte, und sprach weiter. »Kannst du dich daran erinnern, als du und deine Mutter uns besucht habt?«

Sie nickte. »Wir haben mit Nic Domino gespielt, weil meine Mutter und dein Vater was bereden wollten. Und danach durfte ich niemandem von dem Besuch erzählen.«

»Willst du wissen, was sie damals beredet haben?«

Sie nickte abermals.

»Sie haben einen Plan geschmiedet, wie sie uns voneinander fernhalten können. Das war kurz, nachdem wir uns in der Schule angefreundet hatten.«

»Das ist doch –«

»Das ist die Wahrheit. Du bist nach den Ferien ins Internat gesteckt worden und hast deine gesamte Freizeit bei den Mosbichls oder mit deinem Vater im Wald verbracht. Und ich wurde zum Vorzeigesportler gedrillt. Bis ich alt genug war, um bei *Off Limits* mitzuhelfen. Du weißt selbst, wie er meine Wochenenden mit Arbeit vollgeballert hat, bevor Nic auf die Barrikaden ist.« Er verstummte. Von Luzie kam diesmal kein Protest. Sattdessen saß sie ganz still, den Kopf gesenkt. Sie schien nachzudenken. Dann reckte sie ihr Kinn in die Höhe.

»Ich soll wirklich glauben, dass ich wegen dir ins Internat geschickt wurde?«

»Das klingt jetzt, als wäre ich schuld daran. Aber, letztendlich: Ja.«

»Nein.« Sie schüttelte vehement den Kopf. »Warum sollte meine Mutter das mitmachen? Sie hat doch kein Problem mit deinem Vater!«

»Ich weiß es nicht. Aber mein Vater hat wahnsinnige Angst, dass dein Vater sein Leben zerstört, wenn er seinen Teil des Deals nicht einhält.«

»Zerstört? Übertreibst du nicht etwas?«, fragte Valentin.

»Das waren seine Worte. ›Er wird mein Leben wieder zerstören.‹«

»Wieder?« Luzies Brauen schoben sich Richtung Nasenwurzel.

»Mehr weiß ich nicht. Weder, was damals passiert ist, noch, was dein Vater gegen ihn in der Hand hat. Aber er hat mich regelrecht angefleht, deinem Vater keinen Grund zu geben, seine Drohung wahr zu machen.« Er nahm Luzies Hand. »Was hätte ich tun sollen? Dich aufgeben? Papa sagen, dass das sein Problem ist?«

»Also totale Geheimhaltung.« Valentin hatte seine Augen geöffnet und sich aufrecht hingesetzt. »In Finstermoos? Wie lange dachtest du, dass das klappt?«

Basti senkte den Kopf. Es war der Moment der Wahrheit und er wusste, worauf Valentin hinauswollte: die Worldtour. Bis dahin hätte es klappen sollen und nach seiner Rückkehr wäre Luzie achtzehn und sie hätten bestimmt eine Lösung gefunden.

»Pst!« Luzie legte ihren Finger an den Mund. Sie studierte aufmerksam den abfallenden Wald gegenüber dem Bachbett. Alarmiert drehte Basti seinen Kopf. Wenn Luzie so konzentriert eine Stelle fixierte, hatte sie genau dort etwas gehört. Er zog sie weiter unter den Überhang. Das machte sie nicht unsichtbar, aber die Farne der Böschung boten guten Sichtschutz. Lautlos griff er nach seinem Stuhlbein, als auch er es hörte.

Schritte.

Langsam. Dann stoppten sie.

Basti senkte seine Lippen an Luzies Ohr. »Wenn er uns sieht, müssen wir ihn von Valentin weglocken.«

Sie nickte, ohne ihre Augen von dem Waldstück zu lösen. Wieder Schritte, Rascheln, ein kurzer Fluch. Luzie stutzte. Dann schälte sich ein Kopf an der anderen Uferseite aus den tiefhängenden Fichtenästen des Abhangs heraus.

49

»Glaubst du, er kommt noch?« Mascha linste über den Felsrand auf das Geröllfeld. Eine Gämsenfamilie huschte über die Steine und kletterte in Windeseile die gegenüberliegende Felswand hoch. Sie unterdrückte einen Hustenreiz. Die Staubwolke in der Luft hatte sich zwar schon lange gelegt, doch ihre Kehle fühlte sich noch immer genauso staubig an, wie ihre Hose aussah. Jetzt ein Schluck Wasser. Oder ein Bonbon.

Oder wenigstens die Beine ausstrecken. Sie stupste Nic an. »Was meinst du?«

Er sah auf die Uhr, bestimmt zum zehnten Mal, seit sie hier in Deckung gegangen waren. »Eher nicht. Wir warten schon über eine halbe Stunde.«

Sie stand auf und schüttelte ihre Beine aus. Sofort prickelten sie, als wuselte eine Horde Ameisen darin herum. »Warum kommt er nicht?«

Er stand ebenfalls auf und streckte seine Beine durch. »Vielleicht haben Gämsen die Geröllawine ausgelöst.«

Sie biss auf ihre Lippe. Wenn sie die Geröllawine Gämsen verdankten, war der Irre womöglich hinter Basti, Luzie und Valentin her. *Bitte lass sie heil in Finstermoos ankommen.*

»Wir sollten weitergehen.« Nic klopfte sich den Staub von der Hose. »Das war der Plan und daran sollten wir uns halten, solange wir nicht wissen, wo die Gefahr lauert.«

Zurück am Geröllfeld blieb Nic stehen und legte die Hand wie einen Schutzschild über die Augen. Die Sonne stand inzwischen kurz vor dem Mittagshoch und stach auf sie herunter. Sie folgte Nics suchendem Blick, als er mit ausgestrecktem Arm in die Mitte des Geröllfeldes zeigte.

»Da liegt er.« Nic lief los und kam wenige Minuten später mit Bastis Rucksack zurück. »Glück gehabt. Die Steine hätten ihn auch den ganzen Weg mitschleifen können.«

Ein Schlafsack war halb aus der Verankerung des Rucksacks gerissen und die Lasche des Verschlusses fehlte. Seitlich war er aufgeratscht und ein nasser Fleck zeugte davon, dass die Wasserflasche zu Bruch gegangen war. Die Trockenheit in Maschas Kehle wurde unerträglich. Sie blickte den Hang hoch, der Mittagssonne entgegen, die erbarmungslos auf sie herabstach.

Mit einem Schwung schulterte Nic den Rucksack. »Gehen wir?«

»Gehen wir.«

Das Glitzern des Schneefeldes war schon von Weitem zu erkennen. Mascha setzte einen Fuß vor den anderen. Nur noch ein paar Meter. Dann konnte sie den quälenden Durst mit Schnee löschen. Kalter, frischer, körniger Schnee. Ein ganzer Mund voll. So viel sie wollte.

Noch zwei Schritte.

Dann knirschte der Schnee unter ihren Sohlen. Sie ließ sich auf die Knie fallen und griff hinein. Der Schnee war hart und weich zugleich. Die körnigen Eiskristalle verschmolzen zu einer dicken Sulze, die sich wie eisiger Zucker anfühlte. Sie steckte eine Handvoll in den Mund. Die Kälte zog an ihren Zähnen und stach auf ihrer Zunge und doch war es ein Fest für ihre Kehle.

Auch Nic aß Schnee, aber im Gegensatz zu ihr steckte er nur kleine Portionen in den Mund.

»Wo, glaubst du, sind die anderen jetzt?«, fragte sie zwischen zwei Ladungen Schnee.

Nic checkte die Uhrzeit. »Halb zwei. Je nachdem, wie lange sie am Bach Pause gemacht haben, müssten sie jetzt bei den letzten Holzwegen sein.«

»Glaubst du, sie –«

»Die schaffen das«, sagte er so bestimmt, als wollte er sich erst gar keinen anderen Gedanken erlauben. »So wie wir.« Er erhob sich und zog sie mit hoch. »Wenn du länger im Schnee sitzt, wird deine Hose patschnass. Wir sollten weiter–« Er stoppte mitten im Satz, blickte sich hektisch um. Erschrocken drehte sie ihren Kopf ebenfalls in alle Richtungen. Was beunruhigte ihn so? Vor ihnen Weiß. Begrenzt von grauen, teils schneeüberzogenen Felsen. Hinter ihnen das Geröllfeld. Eine Gämse, die neugierig zu ihnen stierte, eine Bergkrähe, die sich auf einem Felsen niederließ.

»Was ist?«, flüsterte sie, starr vor Angst.

Er streckte den Arm aus und zeigte auf das Schneefeld vor ihnen. »Spuren«, flüsterte er zurück. Er winkte sie hinter sich und ging zwei Schritte vor. Dort kniete er sich in den Schnee und fuhr mit den Fingerspitzen über die Fußabdrücke. Dann stand er erleichtert auf. »Glück gehabt. Hier ist jemand gegangen, bevor die Sonne die oberste Schicht aufgeweicht hat. Also entweder gestern oder heute sehr früh. Und das heißt, wer hier gegangen ist, kann nicht wissen, dass wir hier sind.«

»Was heißt das für uns?« Auch wenn Nic beruhigt schien, sie beängstigte es, dass jemand vor ihnen hier hochgelaufen war, selbst wenn bereits ein paar Stunden dazwischen lagen.

»Dass wir weiterhin auf der Hut sein müssen.« Er zeigte auf das Schneefeld. »Aber das müssen wir sowieso. Die Gletscherspalten können unter einer hauchdünnen Schicht Eis und Schnee liegen. Du bemerkst sie erst, wenn du fällst.«

»Beruhigend«, stöhnte Mascha. Das Schneefeld war riesig. Und bei ihrem Glück derzeit …

Nic holte das Seil aus dem Rucksack und band ein Ende um ihren Bauch und das andere um seinen. »Ist besser so. Obwohl nichts passieren dürfte, solange wir den Spuren folgen. Bleib trotzdem hinter mir.« Er küsste sie auf die Nasenspitze. »Genau hinter mir.«

Er stapfte los und Mascha bemühte sich, genau in seiner Spur zu bleiben. Wer hier wohl hochgelaufen war, so kurz vor ihnen? Angeblich wurde die Tour nur selten gegangen, da nur wenige den Weg kannten. Sie richtete ihren Blick auf den Schnee, auf die Spuren. Nics frische, tiefe Abdrücke, teils in den ausgehärteten, etwas kleineren Spuren, wobei man durch die Schmelze nicht mehr gut erkennen konnte, wie groß die Spuren wirklich waren. Vielleicht war ihre Mutter hier gegangen. Jemand war in die Hütte eingebrochen, auch das hätte ihre Mutter sein können. Und wenn die Spur schon ein, zwei Tage alt war … Ein Schreck durchfuhr sie.

Die Gletscherspalten! Wenn ihre Mutter in eine der Spalten gefallen war, würde sie das nie herausfinden!

Plötzlich hielt Nic an und ging in die Knie. Sie schloss zu ihm auf, als sein Arm nach außen schoss und sie hinter sich schob. »Vorsicht! Spalte!«

Sie linste über seine Schulter. »Was suchst du?«

»Die Spuren hören hier auf.« Er zeigte den Hang hoch. Keine Fußspuren weit und breit. Stattdessen eine glatte Rinne, etwa einen halben Meter breit und einige Zentimeter tief. »Wer immer hier hochgestiegen ist, wenn er nicht rückwärts runtergelaufen ist, dann war sein Marsch hier zu Ende.« Er zeigte auf die Rinne. »Möglich, dass da oben eine Minilawine abgegangen ist.«

Mascha fasste sich an die Kehle, sie war so zugeschnürt, dass sie kein Wort herausbrachte. Was Nic nicht aussprach, war klar: Hier endete die Minilawine, hier endete die Fußspur. Und die einzig sinnvolle Erklärung war, dass die Lawine den Wanderer erwischt und mit sich in die Spalte gerissen hatte.

Nic nahm ihre Hand. »Befürchtest du, deine Mutter könnte dort unten sein?«

Sie nickte, noch immer unfähig, etwas zu sagen.

Er nahm den Rucksack herunter und legte sich flach auf den Boden. Dann schob er seinen Kopf ein winziges Stück über die Spalte und legte die Hände wie einen Trichter an den Mund. »Hallo? Ist da jemand?«

»Aaaaalllo? Mandmandmand?«, hallte es zurück.

»Haaaallllo! Frau Lindemann!«

Wieder nur das Echo. Er kam auf die Knie zurück und schüttelte den Kopf.

»Sie könnte verletzt sein.« Tränen schossen in ihre Augen. Sie legte sich wie zuvor Nic an die Spalte und steckte ihren Kopf hinein. Doch alles, was sie sehen konnte, waren weiße, teils bläulich schimmernde Wände, die sich zu einem schwarzen Nichts verjüngten. »Mama! Bist du da?«

Sie spürte Nics Hand an ihrer Schulter. »Das bringt nichts. Wenn du wirklich glaubst, dass sie dort ist, muss einer von uns runter.«

50

Luzie riss ihren Stock vom Boden und sprang auf. So schnell sie irgend konnte, humpelte sie zum Bachbett.

»Wir sind hier!« Sie balancierte von Stein zu Stein, verlor ihr Gleichgewicht und fuchtelte wild mit dem Stock in der Luft.

Wie aus dem Nichts war Basti hinter ihr. Er packte ihren Arm und hievte sie auf den Stein zurück.

»Er hat dich gehört.« Sie spürte seinen Atem an ihrem Hals, als er sie ein paar Sekunden länger an sich gedrückt hielt, als nötig gewesen wäre, um ihre Balance wiederzufinden. Dann nahm er ihre Hand und half ihr, trocken die gegenüberliegende Seite zu erreichen.

Vom Wald her kam Wolferl auf sie zu. Das silberbärtige Gesicht gerötet, über der Nase eine tiefe Sorgenfalte. »Wo ist euer Freund? Und das Mädchen?«, fragte er anstelle einer Begrüßung.

Luzie zeigte zu der Stelle, an der Valentin noch immer an der Böschung kauerte. Wusste man nicht, dass dort jemand saß, war der Platz durch die hohen Farne und den Überhang kaum einsehbar.

»Valentin ist dort. Mascha und Nic haben einen anderen Weg genommen.«

»Was ist mit ihm?«, fragte Wolferl und zeigte auf Valentin.

»Er ist verletzt. Wir brauchen deine Hilfe.«

Der Landrover stand so schräg am Ende des Holzweges, dass Luzie befürchtete, er würde jeden Moment rückwärts davonrollen. Wolferl entsperrte die Türen und zusammen mit Basti verfrachtete er Valentin auf die Rückbank. Sie sank neben ihn, während Basti sich nach vorn setzte.

Wolferl startete den Motor. »Ich bringe euch ins Krankenhaus. Oder willst du gleich zu deinem Vater?«

Die Frage war an Basti gerichtet, der müde nickte. »Ich bin für die Nachtwanderung eingeteilt.«

Sie griff nach vorn und streichelte verstohlen über seine Schulter. Armer Basti. Jetzt wieder loswandern zu müssen, war unzumutbar. Sie nahm die Hand zurück und schnallte Valentin an. Ohne Wolferls Hilfe hätten sie ihn das letzte Stück des Berges nie hinuntergebracht. Was für ein Glück, dass er dort aufgetaucht war.

»Was hast du eigentlich da oben gemacht?«, fragte sie ihn.

»Toni ist verschwunden.«

»Verschwunden? Warum denn?«

»Er hat etwas … verloren.« Sein Blick wanderte im Rückspiegel zu Valentin und verweilte kurz auf ihm. Ob sein Zustand ihm Sorgen machte? Valentins Kopf lehnte an der Rücklehne, seine Augen waren geschlossen. Er war völlig am Ende.

»Am Berg?«, fragte sie, doch Wolferl hatte sich schon an Basti gewandt.

»Dein Vater hat für die Tour heute Abend den Huber Andi auf Bereitschaft gesetzt. Bleib du zu Hause, du siehst erschöpft aus. Ich red mit ihm, wenn du willst.«

Basti nickte. Seit er Valentin ins Auto verfrachtet hatte, schien bei ihm die Luft raus zu sein. Erst jetzt begriff sie, wie schwer die Verantwortung auf seinen Schultern gelastet haben musste. Wieder griff sie zu ihm vor und legte ihre Hand auf seine Schulter. Er legte die seine über ihre. Wolferl sah kurz zu ihm und dann so schnell wieder weg, als hätte er etwas Verbotenes beobachtet. Basti jedoch hielt ihre Hand ganz fest.

Wolferl räusperte sich und richtete den Blick stur geradeaus. »Dein Vater ist auch noch nicht zurück.«

»Papa?« Luzie beugte sich alarmiert zwischen den Sitzen vor. Wovon redete Wolferl? »Was meinst du mit ›zurück‹? Von wo denn?«

Wolferl warf Basti einen verwunderten Blick zu. »Hat Nic nichts gesagt?«

»Was gesagt?«, fragte Luzie ungeduldig.

»Dass dein Vater los ist, um dich vom Berg zurückzuholen.«

Wo blieb nur Wolferl mit ihrer Mutter? Die automatische Eingangstür des Krankenhauses öffnete sich, eine Frau mit einem weinenden Kind kam herein. Luzie wendete ihren Blick ab und starrte auf ihr fett bandagiertes Bein. In ihrem Bauch brodelte es wie in einer Hexenküche. Was bildete sich ihr Vater ein, ihr auf den Berg nachzurennen, als wäre sie ein kleines Kind! Ihre Mutter hatte gewusst, wo sie war, sie hatte ihr die Erlaubnis gegeben, mit Basti, Valentin und Mascha loszulaufen, und dann probte er mal wieder den Aufstand. Es reichte! Und jetzt war sie wahrscheinlich auch noch schuld daran, dass er seit zwei Tagen in den Bergen herumrannte und ihre Mutter mit Sicherheit vor Sorge die Wände hochlief. Aber sie sollte nur wagen, ein einziges Wort des Vorwurfs zu verlieren. Dann würde sie ihr zeigen, dass sie auch anders konnte. Von wegen, die immer liebe Luzie. Sie war nicht bereit, sich länger von ihren Eltern zur Marionette in diesem absurden Kasperletheater machen zu lassen.

Basti hatte vor Wolferl die Hand auf ihre gelegt. Dabei hatte sie ihn nur ganz unauffällig berührt, um ihn ja nicht in Verlegenheit zu bringen. Und er hatte daraus eine Geste gemacht, die so eindeutig war, dass Wolferl den Kopf weggedreht hatte, als ob er es nicht sehen dürfte. *Doch! Er darf es sehen. Ab jetzt dürfen es alle sehen. Und wenn ihr Vater –*

»Luzie!« Ihre Mutter kam auf Krücken durch die Tür gehumpelt. Ihr Gesicht war vor Aufregung gerötet. Dann stand sie vor ihr. »Mein Gott, ich hab mir solche Sorgen gemacht. Wo seid ihr nur gewesen?«

Luzie deutete auf den Platz neben ihr. »Ich muss mit dir reden. Jetzt.« Ihre Mutter zögerte, doch Wolferl deutete ihr mit einer Handbewegung an, dass er sich einen Kaffee gönnen würde.

Ihre Mutter setzte sich zu ihr, mit einer Hand strich sie ihr die Haare aus dem Gesicht, mit der anderen hielt sie sich an der Stuhllehne fest wie eine Ertrinkende.

Luzie wischte ihre Hand weg. »Lass das.«

Erschrocken zog ihre Mutter die Hand zurück. »Was ist denn los, mein Schatz? Was ist passiert?«

»Was passiert ist?« Luzie hatte Mühe, ihre Stimme zu beherrschen. »Ihr seid passiert! Wie konntet ihr mich ins Internat stecken, nur damit ich den Schranners fernbleibe?«

»Aber …« Die rote Gesichtsfarbe ihrer Mutter verblich in Sekundenschnelle. »Aber dir hat es in dem Internat doch gefallen!«

»Darum geht es hier nicht! Natürlich habe ich mich mit meinem Schicksal abgefunden. Oder hätte ich sieben Jahre lang Trübsal blasen sollen?«

»Ich … Wir … Wir dachten, das wäre die beste Lösung.«

»Für wen? Für Papa? Für dich?«, spie sie ihrer Mutter entgegen.

Ihre Mutter sah betreten zu Boden. »Für uns alle.«

»Falsch. Für mich war es nicht die beste Lösung. Und ich möchte wissen, warum ihr euch so beschissen verhalten habt.«

Der Blick ihrer Mutter haftete noch immer am Boden.

»Mama. Du schuldest mir eine Erklärung. Und übrigens: Basti und ich sind zusammen und ihr könnt auf dem Kopf Rumba tanzen, daran wird sich nichts ändern. Und wenn Papa das nicht passt, hat er Pech gehabt.«

»Ich hab dem Franz gesagt, dass ich das Spiel nicht mehr mitmache und mich nicht zwischen euch stelle. Ihr seid jetzt alt genug. Ich habe dich die letzten Monate nicht einmal daran gehindert, ihn zu treffen.« Ihre Mutter griff nach ihrer Hand. »Bitte Luzie, das ist alles so kompliziert. Können wir es nicht einfach vergessen und nach vorn schauen? Meinen Segen habt ihr. Der Basti ist ein toller Junge.«

»Vergessen?«, rief Luzie ungläubig. Das konnte sie doch nicht ernst meinen! »Ich will wissen, warum ihr uns das angetan habt.«

Ihre Mutter zog die Hand zurück und rutschte unbehaglich in dem Wartesessel hin und her. »Tut mir leid. Das kann ich dir nicht sagen. Das musst du den Franz oder den Papa fragen.«

»Ach? Das kannst du mir nicht sagen?« Luzie schäumte vor Wut. Das war so was von billig. So typisch Erwachsene. Wenn sie in die Enge getrieben waren, zogen sie sich mit einem »Das verstehst du noch nicht« oder Ähnlichem aus der Affäre. Aber sie, ihre Kinder, mussten immer alles offenlegen. Sie stand auf.

»Komm mit.«

»Wohin denn?«

»Komm einfach mit!«, fuhr sie ihre Mutter an. »Oder kannst du das auch nicht?«

Schweigend humpelten sie durch die Krankenhausflure, in den Aufzug, wieder hinaus, bis sie vor der richtigen Tür standen. Luzie klopfte, hörte ein klares »Herein« und trat ein.

»Luzie! Valentin kommt gleich, sie schieben sein Bett zu mir mit rein.« Valentins Vater saß hoch aufgerichtet in seinem

Krankenhausbett und lächelte sie an. Dann gefror sein Lächeln und er blickte verunsichert an ihr vorbei auf ihre Mutter. »Naomi. Wie geht … es dir?«

Sie drehte sich zu ihrer Mutter, die wie erstarrt hinter ihr stehen geblieben war. Sie nahm sie an der krückenfreien Hand und zog sie mit sich zu dem Stuhl an Beckers Bett. »Setz dich.«

Zögerlich folgte ihre Mutter der Aufforderung, noch immer in einer Art Schockstarre, unfähig, ein Wort zu sagen.

»Ihr kennt euch also«, sagte Luzie und lehnte sich an das Fußende von Beckers Bett. Becker nickte und zuckte gleichzeitig entschuldigend mit den Schultern, während ihre Mutter ihn nur anstarrte.

Da ging die Tür auf und zwei Pfleger schoben ein weiteres Bett in den Raum.

»So, Herr Becker, ihr Sohn.«

Valentin lag in dem Bett, um seinen Kopf ein neuer Verband, in seinem Arm steckte eine Nadel, durch die ihm aus einem Tropf langsam eine Flüssigkeit verabreicht wurde.

»In ein, zwei Tagen ist er wieder ganz der Alte.« Der Pfleger überprüfte die Durchlaufgeschwindigkeit des Tropfes, dann verließ er mit seinem Kollegen den Raum.

Luzie stand von Beckers Bett auf und schwang sich auf Valentins Bett. »Bist du bereit?«

Er nickte.

»Also«, begann sie erneut. »Raus mit der Sprache. Ihr wart mal ein Paar, stimmt's?«

Becker zog die Brauen hoch. Ihre Mutter schüttelte panisch den Kopf.

»Könnt ihr aufhören, uns für blöd zu verkaufen?« Luzie blitzte ihre Mutter an.

»Paps, wir wissen, dass ihr ein Paar wart.« Es surrte und Valentins Kopfende fuhr nach oben.

»Wir hatten mal einen Flirt«, gab sein Vater zu. »Ewig her. Warum ist das jetzt so wichtig?«

»Einen Flirt?«, schnappte Luzie. Das war doch unfassbar! Wenn an den Bildern in der Höhle etwas dran war, dann war diese Untertreibung eine bodenlose Frechheit. »Okay. Wenn ihr meint, Spielchen mit uns spielen zu müssen, dann versuchen wir es doch mal direkt.« Sie wandte sich an Becker. »Sind Sie mein Vater?«

»Luzie!« Ihre Mutter war totenbleich geworden. »Wie kannst du so etwas sagen?«

»Wir glauben zu wissen, dass Sie ein Kind von meinem Vater erwartet haben«, sagte Valentin. »Ich finde die Frage berechtigt. Oder möchten Sie, dass Ihre Tochter sich ihr Leben lang diese Frage stellt?«

Ihre Mutter versteckte Mund und Nase in ihren Händen und schüttelte fassungslos den Kopf.

»Ja. Naomi war schwanger. Ich weiß zwar nicht, woher ihr das wisst, aber es ist wahr.«

»Phillip!« Ihre Mutter schüttelte nur noch mehr den Kopf.

»Tut mir leid, Naomi.« Becker wandte sich Valentin und ihr zu. »Es war mein Junggesellenabschiedswochenende. Ich habe Naomi kennengelernt, wir mochten uns und da ist es eben passiert.«

»Mit ›es‹ meinen Sie das Baby?«, fragte Luzie nach.

»Ja«, gab Becker zu. »Ich war jung und dumm und ich hatte überhaupt nicht begriffen, was ich für Hoffnungen in Naomi geweckt hatte. Sie dachte, ich wäre ihr Ticket raus aus diesem Tal und ich ... ich ... Sie war hübsch und wir hatten Spaß, aber es war drei Wochen vor meiner Hochzeit ...« Er blickte Verständnis suchend zu Valentin. »Du weißt, was mir deine Mutter bedeutet.«

»Du wolltest, dass ich abtreibe«, brachte Luzies Mutter mühsam hervor. Luzie unterdrückte den Impuls, zu ihr zu gehen und den Arm um sie zu legen. Wenn sie jetzt nicht hart blieb, würde sie nie die Wahrheit erfahren.

»Das war sehr dumm von mir.«

»Du hast mir Geld angeboten, damit ich mein Kind töte.«

Becker errötete und warf einen verstohlenen Blick zu Valentin. »Ich habe viel dazugelernt seitdem. Aber ich weiß, das war unverzeihlich. Es tut mir wirklich leid.«

»Und?«, fragte Luzie. »Hast du?«

»Natürlich nicht!« Sie schniefte, dann drückte sie ihr Kreuz durch und setzte sich kerzengerade in dem Stuhl auf. »Brigitta hat mich zu sich geholt, als ich im sechsten Monat war und es immer schwerer wurde, den Bauch zu verstecken. Ich war bei ihr, bis das Baby geboren war, und dann hat Brigitta es als ihres ausgegeben und zur Adoption freigegeben.«

»Warum Brigitta?«, fragte Luzie verständnislos.

Der Mund ihrer Mutter wurde spitz. »Du hast doch keine Ahnung, wie das damals war. Ich war siebzehn! Und dann der reiche Schnösel aus Berlin. Mein Vater hätte nie wieder ein Wort mit mir gesprochen. So was nannte man hier früher Bonzenschlampe. Die Mädchen, denen die Jungs vom Ort nicht gut genug sind. Die Jungs dagegen konnten mit den Touristinnen rummachen, wie sie wollten.« Sie lachte bitter auf. »Im Gegenteil, je mehr die flachgelegt haben, desto tollere Hechte waren sie.«

»Aber warum Brigitta?«, fragte Luzie erneut.

»Weil ich noch nicht volljährig war! Ich hätte ohne Einverständnis meiner Eltern das Baby doch gar nicht zur Adoption freigeben können.«

Die Augen ihrer Mutter füllten sich mit Tränen. Luzie glitt von Valentins Bett herunter. Sie war zu weit gegangen. Sie war wütend gewesen und wollte endlich, dass jemand die Wahrheit sagte, aber sie wollte nicht, dass ihre Mutter litt. Sie humpelte zu ihr und legte ihre Arme um sie. »Tut mir leid, Mama, ich musste einfach wissen, ob Papa wirklich mein Vater ist. Und ich verurteile dich nicht. Du hast nichts falsch gemacht.« Noch während sie sprach, krallte sich die Hand ihrer Mutter in ihrem Arm fest. Ein Schluchzer löste sich aus ihrer Kehle.

»Ich habe mir so oft gewünscht, ich hätte es behalten können. So oft, wenn ich eine von den Touristinnen sehe, die in ihrem Alter sind und irgendeine Ähnlichkeit mit Philip oder mir haben, frage ich mich, ob das meine Tochter sein könnte.«

Luzie küsste ihre Mutter auf die Wange. »Vielleicht können wir herausfinden, wer sie ist? Ich helfe dir.«

»Das ist nicht nötig«, sagte Becker leise. »Sie ist gestorben.«

Luzie und ihre Mutter rissen gleichzeitig die Köpfe hoch. Tot? Woher wollte er das so genau wissen? Er öffnete die Schublade seines Krankenhaustisches und holte seinen Geldbeutel heraus.

»Alex?«, fragte Valentin und zog die Brauen zusammen. »Aber … als Alex geboren wurde, warst du doch schon mit Mama verheiratet!«

Becker nickte. »Ich war wieder in Berlin und verheiratet. Von Naomi hatte ich nach meinem Abtreibungswunsch nie wieder etwas gehört. Sie wollte nicht, dass ich je wieder mit ihr Kontakt aufnehme. Und dann standen plötzlich Brigitta und Wolferl vor der Tür, mit dem Baby im Arm.« Er lächelte, als erinnerte er sich an etwas. »Wolferl meinte, bevor er das Kind zur Adoption freigibt, wollte er es mir anbieten. Ich hätte es zwar nicht verdient, aber das Kind stünde mir als leiblichem Vater zu und ich solle es mir eine Nacht überlegen.«

»Und da hast du Ja gesagt?«, fragte Valentin erstaunt.

Becker lächelte seinem Sohn zu. Er musste das Erstaunen ebenso bemerkt haben. »Du kennst mich gut. Nein, deine Mutter hat Wolferl das Baby aus dem Arm genommen und gesagt, dass es da nichts zu überlegen gibt. Entweder ich bekenne mich auf der Stelle zu meiner Tochter oder sie reicht die Scheidung ein.«

»Ja, das klingt nach Mama.«

»Und sie ist … tot?«, fragte Luzies Mutter leise. Luzie presste ihre Arme fest um sie.

»Ein Unfall. Sie war zwölf. Ein unglaublicher Sonnenschein. Ich … Es … Sogar nach elf Jahren tut es noch so verflucht weh. Als ich vor ein paar Jahren mit Valentin das erste Mal nach Finstermoos zurückkam, war das nur wegen Alex. Ich wollte an den Ort zurück, wo sie geboren wurde, und es hat mir gutgetan. Daraus entstand die Idee, hier das Ferienhaus zu bauen.« Becker winkte Luzie mit dem Geldbeutel zu sich. »Kannst du den bitte deiner Mutter bringen, dort sind Bilder von Alex drin.«

Sie holte den Geldbeutel und brachte ihn ihrer Mutter. Wortlos versank sie in den Bildern ihrer verlorenen Tochter. Tränen rannen über ihr Gesicht. Luzie wischte sie mit dem Handrücken weg. »Es tut mir leid, Mama, ich wollte dir nicht wehtun.«

Sie schüttelte den Kopf. »Nein, ich danke dir dafür.«

51

Das raue Seil glitt schmerzhaft durch Nics Hände. Noch gut drei Meter, dann war es zu Ende. Seine Muskeln brannten von der Anstrengung. Dabei war es eigentlich unnötig, so viel Gegendruck aufzubauen, die Eisschraube würde sogar sein Gewicht locker halten. »Kannst du den Boden sehen?«, brüllte er.

»Eicheich … da«, hallte es aus der Spalte. Schon lockerte sich der Zug auf das Seil. Er ließ es los und schüttelte seine Arme aus. Ungefähr sechs Meter. Wenn ihre Mutter den Sturz an den Wänden etwas abgefangen hatte, konnte sie ihn vielleicht überlebt haben.

Er legte sich bäuchlings an die Spalte und schob seinen Kopf über den Rand. Die Augen hielt er geschlossen. *Nicht runter sehen. Du liegst weit genug vor der Spalte. Es kann nichts passieren.* Trotzdem spürte er das Zittern in seinen Armen.

»Siehst du was?«, brüllte er hinunter.

»Nein, i… lauf …ück …vor.«

Nick rutschte ein wenig zurück und kam auf die Knie. Der Schnee war zu nass, um länger darauf zu liegen.

Da drang ein Schrei zu ihm.

»Mascha!« Er warf sich auf den Bauch, steckte den Kopf in die Spalte. »Mascha!«

»Nic!« Maschas Stimme war hoch und schrill. »Oh mei… Gott! …ott!«

»Mascha! Was ist?«

Er beugte sich tiefer, versuchte, sie zu sehen.

»Mascha?«

Warum antwortete sie nicht mehr? In Sekundenschnelle ließ er den Rest des Seiles durch den Karabiner laufen. Dann verknotete er sein Ende mehrmals mit dem herabhängenden. Es war dilettantisch, aber um mit Gegenzug zu arbeiten, hatten sie nicht genug Seillänge. Er musste einfach beten, dass die Schraube sein Gewicht tatsächlich hielt. Noch immer hallte Maschas Schrei zu ihm. *Los. Nicht denken. Geh.*

Zitternd griff er nach dem Seil und ließ sich Zentimeter für Zentimeter hinunter. Er atmete schwer, seine Augen waren fest an die Wand geheftet. *Du schaffst das. Immer eine Hand nach der anderen, Füße und Knie gegen die Wand pressen. Körperspannung. Du hast Basti so oft zugesehen. Du kannst das.*

Da verebbte der Schrei wie eine abgeschaltete Sirene. In der Stille darauf trommelte sein Herzschlag in seinen Ohren. Dann endlich hatte er wieder Boden unter den Füßen.

Er atmete tief ein und aus, um das Zittern seines Körpers unter Kontrolle zu bringen. Ein paar Meter weiter die Spalte entlang warf das Licht von Maschas Stirnlampe helle Flecken an die schattige Wand. Sie stand da wie angenagelt. Drehte sich nicht nach ihm um, gab keinen Laut von sich. Er ging zu ihr, unter seinen Sohlen knirschte das Eis.

»Mascha, was ist?«, fragte er und stellte sich dicht hinter sie. Er sah über ihre Schulter und zuckte zurück. An der Wand kauerte eine mit einer dünnen Schicht Eis überzogene, tote Frau. Und selbst in dem zittrigen Lichtstrahl der Stirnlampe konnte er die Ähnlichkeit zu Mascha erkennen.

Fortsetzung folgt …

DANK

Ich danke:

meinen Lesern, dass ihr meine Bücher kauft und mir so nette Kommentare schreibt. Ihr seid wunderbar!

meinem allerliebsten Mann Michael. Ich sage nur: best Team ever ☺

meinen TestleserInnen und unerbittlichen KritikerInnen: Andreas Götz, Lisa-Marie Dickreiter, Gerda Leisch, Johanna Leisch, Bärbel Siebold, Soraya Schießl-Maier und Irene Weindl – was täte ich nur ohne eure wachsamen Leseaugen?

den freundlichen Mitarbeitern des Loewe Verlags und besonders meiner Lektorin Johanna Prediger für die viele, viele Arbeit rund um das Buch

meiner Agentin Birgit Arteaga für die herzliche Betreuung.

Letzte Woche hatte ich noch ein Leben.
Vor fünf Minuten hatte ich Hoffnung.
Jetzt habe ich nur noch Angst.

ISBN 978-3-7855-7752-3

Seit Ina die Leiche einer getöteten Mitschülerin gefunden hat, läuft ihr Leben mehr und mehr aus dem Ruder. Weil sie ihren Freund Aaron, der wegen der Tat befragt wird, vehement gegen die Anschuldigungen verteidigt, zieht ein riesiger Shitstorm über sie und ihre Familie hinweg. Dann wird sie plötzlich selbst des Mordes verdächtigt. Und zu allem Überfluss taucht wie aus dem Nichts ein Freund von früher auf, der eine alte Schuld einfordert. Bald versinkt Ina in einem Netz aus Lügen und kann niemandem mehr trauen – nicht einmal Aaron.

Loewe

Das Spiel ist aus.
Die Maus ist tot.
Die Katze hat gewonnen.

ISBN 978-3-7855-7573-4

Der einzige Lichtblick nach Sinas Umzug:
Die angesagtesten Mädchen der Schule freunden sich mit ihr an und sogar Frederik scheint in sie verliebt zu sein. Aber kurz nach ihrem ersten Kuss verunglückt Rik und fällt ins Koma. Sinas Freundinnen trösten sie – doch sie weiß nicht, dass hinter deren strahlender Fassade ein grausamer Abgrund lauert. Plötzlich nimmt ein Spiel seinen Lauf, das Sinas schlimmste Albträume wahr werden lässt. Und ein Ende ist nicht abzusehen.

Loewe

Ich beobachte dich.
Jeden deiner Schritte.
Du solltest vorsichtig sein.

ISBN 978-3-7855-7274-0

Janas beste Freundin Ella ist verschwunden. Auch wenn die Polizei nicht an ein Verbrechen glaubt, steht für Jana fest: Ella würde niemals einfach so abhauen. Sie beschließt, auf eigene Faust zu recherchieren. Dabei kommen Dinge ans Tageslicht, die Jana an ihrer Freundschaft zu Ella zweifeln lassen. Und die sie in große Gefahr bringen, denn ihre Suche hat sie dem Täter nahegebracht. Zu nah.

Loewe